WIEGLER • GABRIELE

PAUL WIEGLER

Gabriele

Romanfragment (Sommer 1945)

Herausgeber
Gernot Krämer

Wieser *Verlag*

Wieser Verlag
Založba Wieser
•
KLAGENFURT/CELOVEC · WIEN · LJUBLJANA · BERLIN

A-9020 Klagenfurt/Celovec, 8.-Mai-Straße 11
Tel. +43(0)463 370 36, Fax: +43(0)463 376 35
office@wieser-verlag.com
www.wieser-verlag.com

Inhalt

I

Auf einem Hügel, vor dem Abhang der Sattnitzer Wälder[1], lag bei Reifnitz[2] das Schloss. Rechts, am Ende der Rüsternallee, wand sich der beschotterte Zufahrtsweg in die Höhe. Die Pappeln, die vierte hatte der Sturm geknickt, ragten über die Schieferdächer. Der mittlere Bau, gelblich getüncht mit dem runden Eckturm, war das Herrschaftshaus. Der neuere Flügel, den Gaby in diesen Juliwochen mit Mademoiselle Drouet, den Kammermädchen Monika Felfernigg und Poldi Uttenthaler, dem grauhaarigen Servierdiener und Silberbewahrer Vinzenz Kointsch und der Köchin Marie Tschernuth bewohnte, stiess an die Planegg, die Burg.

Um neun Uhr war Gaby im zweiten Stock zu Bett gegangen. Die Dienstboten hatten ihre Mansarden schräg darüber. Unangenehm knarrten die Stufen der Holzstiege, wenn die Marie oder die Monika sich auf Strümpfen vorbeitastete. Oder wenn in vertretenen Schuhen, auf Zehenspitzen der Stallbursch Alois Purschenjak von nächtlichem Besuch bei der Poldi kam. Die Mansarden waren für Gaby eine andere Welt. Eine ungelüftete Welt, in der Lavors mit schmutzigem Wasser und ausgekämmten Haarsträhnen standen und Fläschchen mit Resten billiger Essenzen und Photographien hingen von Familienmitgliedern oder Soldaten mit glänzender Frisur, vor Palmen und Balkongeländern. Gaby atmete, Zorn um den Mund. Sie konnte nicht einschlafen, weil die Geräusche oben nicht schweigen wollten. Denn die Türen

---

[1] Sattnitz: Gebirgszug in Kärnten, Teil der Gurktaler Alpen.
[2] Ort am Südufer des Wörthersees.

der Kammern waren offen geblieben, und wider Willen lauschte sie dem Tratsch der Weiber.

Anfangs verspotteten die Mädchen die Köchin Marie. Sie war die ledige Mutter eines Huterns[3] in Feistritz und tröstete sich mit Kronawetterschnaps[4] über ihren Hereinfall. »Heiliger Oswald«, schnatterte die Monika, boshaft wie die Gitschen[5] in ihrem Dorf, »schick mir zu, was i dir bitten tua, tua mi erhörn, sunst muss i rärn[6], sei's nur a rechter Lump, alt, bucklat[7], starr un krump, un noch viel schlechter, i möchte ihm dechter.« Die schwarze Monika hatte sich als ganz Junge auf die Eggeralpe verdingt, zum Schablegger in Malborget[8], im einstigen Palazzo des Herrn Canal, und in das Posthaus von Hermagor[9], wo mit Schmierenkomödianten Jean Piccolo[10] spielte, der Zwergenkomiker. In ihrer Truhe staken noch der Gürtel und der Messerriemen der Sennerin, an ihrem Spiegel die Alpenrosen des Paludnig[11]. Sie hatte einen Bräutigam, einen Küfer in Velden. Aus Karten oder einem Traumbuch weissagte sie der Poldi,

---

[3] Hutmachers.

[4] Vogelbeerschnaps.

[5] Mädchen.

[6] röhren = weinen.

[7] bucklig.

[8] Malborgeth, Gemeinde in Friaul nahe der slowenischen und der österreichischen Grenze (italienisch: Malborghetto, slowenisch: Naborjet).

[9] Gemeinde im Kärntner Gailtal nahe der italienischen Grenze.

[10] Zwergenhafter Schauspieler des 19. Jahrhunderts, trat oft mit seinen gleichfalls kleinwüchsigen Kollegen Jean Petit und Kis Joszi auf.

[11] Poludnig, knapp zweitausend Meter hoher Berg in den Karnischen Alpen bei Hermagor.

einem erfahrenen Wiener Hotelfräulein, einer Uhrmacherstochter aus Meidling.

Die Poldi brachte die Rede auf die nahe Ankunft des Barons Planegg und der Baronin. »Verliern wir den Dienst?« fragte sie. Die schwarze Monika holte, so schien es, ihre Karten und legte das gute Brot und den Schrecken am Abend. »Sie wer'n selbst nicht lang mehr hier sein, die Herrschaften«, mischte der Purschenjak, dessen heisere Stimme Gaby verhasst war, in seiner gewählten Sprache sich ein. »Mir leben zu nobel, mir wer'n schandenhalber verkaufen müssen. Beim Gericht in Klagenfurt is Termin.« Der Kointsch, der wohl für sich allein in seiner Dachstube gelesen hatte, forderte zischend Ruhe. Die Weiber schlossen die Türen.

Als Gaby in der Dämmerung die Müdigkeit von sich warf, schwankte draussen, vom Frühwind bewegt, das unentwirrbare Geflecht der Zweige. Sie setzte sich zum Fenster. Plätschernd schimmerte hie und dort die Flut herauf. Der Himmel gerann zu weisslichem Schmelz, und nun überlief ihn ein Rosenrot, dünn wie die Schleier von Ballettänzerinnen. Finken umflatterten die Buchen, eine Amsel flötete, alle Vögel in der verzauberten Landschaft antworteten einander und brachen zerstreut ihre schrillen Tonfolgen ab. Gaby war in Aufruhr. Sie hatte Angst, Angst um den Vater, der ihr über alles ging, und verzweifelt rettete sie sich in den Gedanken zu fliehen. Mit welchem Ziel, in welches Abenteuer, sie wusste es nicht.

Das Schwierigste war, sich Geld zu beschaffen. Vielleicht lieh oder schenkte es ihr die Tante Lori, wenn sie sie in Gölling überraschte. Das Damenstift war nicht weit, nur zwei Stunden Fussmarsch. Die Grosstante Lori war sicher nicht mehr im Solbad Aussee. Vor einem Monat hatte Gaby das letzte Mal auf dem bestickten Schemel vor der Couchette gesessen, in der die zarte Greisin, gehüllt in schwarze, an den Rändern rissige Seide, zurücksank, hatte sie in das von weisser Spitze umrahmte, strenge Antlitz geblickt. Man musste, damit sie vierzig bis fünfzig Kronen gewährte, lügen. Gab sie, dann reiste man auf einem Umweg nach Wien. Es war bedrohlich, es müsste dann ihr[em] liebsten Menschen in seiner Arglosigkeit wehtun; und dennoch erregte es sie wie der »Roman d'un jeune homme pauvre«[12]. Die beste Tageszeit, um sich zu entfernen, war der brüllheisse Nachmittag, wenn alle irgendwo faulenzten.

Ein Hund an der Strasse kläffte, der eifrige Dackel an der Leuten des Bootszimmerers. Über die Wiesen, von denen die Dunstballen sich lösten, über Wald und See stülpte sich der unerschöpfliche Becher des goldenen Lichts.

Von acht bis zehn Uhr hatte Gaby im kühlsten Raum des Erdgeschosses, neben der Terrasse, Lektion bei Mademoiselle Drouet. Die Französin trug ein Kleid von violettem Kattun mit immer demselben flachen Fichü[13], in das eine Amethystbrosche gespiesst war, und auf den erbleichenden Ringellocken ein Häubchen. Sie war bei Zöglingen in Sankt Moritz gewesen, an der Riviera, in

---

[12] 1858 erschienener Erfolgsroman von Octave Feuillet (1821–1890) über einen ruinierten Aristokraten, der sich bei einer reichen bürgerlichen Familie als Verwalter verdingt. Die Tochter und Erbin verfällt ihm zwar, dennoch kommen die beiden nicht zusammen, weil sie ihn für einen Mitgiftjäger hält.
[13] Brusttuch.

Florenz und in Schottland. Ächzend wischte sie sich die von der Tränenfistel feuchten Augen. Sie liess Gaby Fabeln von Lafontaine deklamieren, die Geschichten von der Grille und der Ameise, vom Wolf, der am Bach das unschuldige Lamm frass, von der Schildkröte und den Hasen, und prägte ihr moralische Sentenzen ein wie diese: »La modestie est l'ornement le plus beau d'une jeune âme. La modestie plaît à Dieu.«[14] Dann sollte Gaby sich mit Schreiben beschäftigen.

Sie ging in den äusseren Hof, dem Postboten entgegen, der mit seinen Packerln und seinem rauhen Knotenstock von der Dampfstation gekommen war. Er hatte zwei Briefe für Gaby, einen in steiler Schrift, mit Englisch dazwischen, von der Mama aus Eckartsau und einen kurzen von Papa aus Wien, mit Kärntner Bauerndialekt, einer Zeichnung vom Affenkäfig in Schönbrunn und Versen von erkünstelter Heiterkeit. Gaby durchflog die Briefe, den des Vaters mit der Spur eines Lächelns, und zerknitterte sie im Ausschnitt ihrer Bluse.

In den Wiesen wetzten die Grillen des guten Lafontaine. Schmetterlinge kreisten und entschwanden, fleckige Füchse, blaugelbe Segelfalter, rotgetüpfelte Apollos und Trauermäntel. Herb roch das Minzkraut. In sattgrünen Vertiefungen sickerten Sumpflachen. Dommeln schnarrten im Schilf. Plötzlich war Gaby am See, zum Abschied von den weissen Dampfern »Carinthia« und »Venus«. Sie badete unter Gebüsch und schwamm mit jähen Stössen ihrer gebräunten Beine einem lecken Boot zu. Geläut der Reifnitzer Kirchenglocken erklang. Sie zählte die Schläge bis zu dem wie immer säumenden zwölften.

[14] »Bescheidenheit ist der schönste Schmuck einer jungen Seele. Bescheidenheit ist gottgefällig.«

Auf der von einer geflickten Markise bedeckten Terrasse hatte sie nachher mit der Drouet zu speisen. Die Drouet kroch in den Schatten einer Platane, lockerte sich Fichü und Korsett, hakte sich das Gebiss ab und las mit schlaffer Neugier einen naturalistischen Autor. Der Band rutschte ihr aus den Fingern, sie blies Suppe, sie schnarchte, sie schlief. Gaby griff nach einer verbeulten Ledertasche, die sie zuvor in die Ecke befördert hatte. Als gerade der Bäckerlehrbub, die Schellen seines Rades rührend, die frischen Semmeln ablieferte, schlenderte sie durch den inneren Hof. Linden blühten um den Brunnen, um den Tattermann, den nackten Heiden mit den gespreizten Armen und der Tatarenmütze. Hinter der Zinne der Burg, bei der Ruine, wo eine Schlangensage spielte und ein Turmwart die Bilchen[15] hegte, die silbergrauen, schnuppernden Nachttiere, begann der Nadelwald.

Auf dem Gestein wuchsen pelzige Moosbärte, Quellen murmelten, Eidechsen raschelten durch den Farn. Stumpfglitzernde Felsen über Schluchten wehrten dem Sonnengeriesel. Kalte Luft, in der Gabys Gesichtshaut erschauerte, prallte gegen die glühende: Ein Bergbach sprang von einer Schroffe herab und riss das Geröll der Muren in sich hinein. Holzknechte fällten mit Beil und Bandsäge eine Erle. Der Wipfel wankte und ging sausend nieder, unter ratlosem Geschrei aller Vögel, die darin genistet hatten. Blöcher[16], rohe Klötze, wurden zu Tal geleitet, mit abgeschälten Stangen vermengt. Tannen dorrten im Gestrüpp, oder braun modernde Fäulnis

[15] Schläfer bzw. Schlafmäuse.
[16] Gefällter und von Ästen gesäuberter Baumstamm.

12

wich ihrem Druck und umfasste sie. Über den Rumpf einer Eiche, die zerschrammt lag, zersplittert, schob ein Hirschkäfer mit krummem Gehörn sich seinem Weibchen nach. Eine Köhlerhütte lehnte gegen einen Granitblock. Ein Schafhirt zapfte eine Birke an, Wolle seiner Herde klebte zwischen der Rinde. Gaby blickte in den Himmel über einer von Pechnelken brennenden Fluh[17]. Die unsteten Tiere an der Wand mussten Gemsen sein. Unter weissen Wolken zackten sich die ewigen Häupter der Karawanken.

Auf Talwegen erreichte Gaby die Mulde des Keutschacher Sees. Nur der Mittagskogel war jetzt sichtbar, von der sich neigenden Sonne bestrahlt. Menschenleer war die Landzunge mit der Badehütte, war die Schenke, in der Gaby, von Durst gequält, eine Milch trank. Sie seufzte, von ihrem Wagnis bedrückt. Unbewegt war die Luft, war der See. Kein Laut als das Schnalzen aufschnellender Fische und aus dem Walde der Kuckucksruf. Ein zerlumpter Mensch, die morschen Stiefel an einem Strick über den Schultern, stierte aus rot unterlaufenen Augen sie an. Sie erschrak und beschleunigte ihre Schritte.

Nach Seebach und Weingarten kam sie, vorüber an Bildstöcken, an den wassertriefenden Bretterbahnen der Sägemühlen, an Feldscheuern und durch das Norotal. Feierabend war schon unter den Arkaden des Stifts Gölling. Auf Gabys Frage nach der Tante Lori erwiderte die maulfaule Pförtnerin, die Bohnen schnitt, die alte Dame werde erst in acht Tagen zurückerwartet. Ihr Zimmer mit dem Spion am Fenster war abgesperrt. Die Stiftlerinnen versammelten sich im Refektorium des ehemaligen

[17] Felswand.

Klosters. Gaby trat unschlüssig an den Brunnen mit dem schmiedeeisernen Gitter und den sechs Säulen, über dem sich die Marienstatue erhob. Sie hörte das Durcheinander der kraftlosen Stimmen und das Klappern der Löffel. Die Tonnenuhr zeigte ihr, wie spät es war. Sie sah sich zur Umkehr gezwungen, ohne Hoffnung auf Reisegeld und Flucht.

Ein runzliger Bauer nahm sie auf seinem Leiterwagen, auf dem schon ein Maschetter, ein Marktsensal, sass, bis Maiernigg mit. Ammerlinge[18] zwitscherten auf den Telegraphendrähten. Die Strasse war steinig, ein schwüler Wind wehte den Kiesstaub empor. Der Bauer hielt des Maschetters wegen vor einem russgeschwärzten Holzhaus. Türkenkolben[19] hingen unter dem gerahmten Giebel. Hinter dem Rauchstubenhaus stand der Getreidekasten, mit blau und rot bemalten, durchbrochenen Planken. Gaby hüpfte vom Wagen herunter. Aber hier zu übernachten getraute sie sich nicht. Von einer Gasse armer Keuschler[20], an deren Zäunen der Mohn reifte, kam sie streunend zum Ufer, und wieder sah sie den grossen See.

Der letzte Dampfer hatte die Bucht gekreuzt. Gaby passierte Sekirn, die Sommerfrische. Klavierspiel, misshandelter Chopin, hallte aus der Pension Wiener Heim. Über ihrem First lagerten Gewitterwolken, schwarz, von weissgrauen Nebelstreifen gesäumt, den wandernden Boten des Sturms. Die Flut jenseits des Dickichts hatte einen bleiernen Schein, und so sehr die Sonne den See

[18] Goldammern.
[19] Mais.
[20] Bewohner einer Keusche, eines kleinen Bauernhauses.

erhitzt hatte, Kälte ging von ihm aus. Ein Blitz zuckte. Dann rollte zaudernd ein Donner. Die Äste der Ebereschen an der Strasse zitterten. Viele Blitze folgten und ein Krachen, das zu pausenlosem Getöse sich verstärkte. Die Luft wurde undurchsichtig wie in tiefer Nacht. Hie und da glomm eine Lampe, hastig angezündet, in einem der Häuser. Immer rascher lohte die Flamme über den Himmel. Geblendet von einem senkrechten Blitzband mit dunklerem Geäder ringsum sank Gaby fast in die Kniee. Ihr war, als schliesse ein Mantel von Feuer sie ein. Sie jammerte und schluchzte. Nicht unterscheidbar war das Brausen des Regens, des Sees und das der geschüttelten Bäume. Der Regen liess nach und schwoll wieder an, um dann zu versiegen. Die Blitze wurden seltener, der Himmel erhellte sich zu aschgelber Farbe. Gaby konnte die Bootswerft erkennen, das einzige Gasthaus des Dorfs und über ihm den Eckturm der Planegg.

Sie lief durch das verwilderte Gras der Kirchgasse. Nur der dürre Mesner, der auch Schneider und Leichenbitter war und die Steuerzettel austrug, begegnete ihr, wackelte mit dem Kopf und winkte mit seinem gewürfelten Sacktuch. Gaby querte den letzten Teil des Kirchhofs, wo die Herrschaftsgräber lagen. Von den Eiben tropfte es auf ihr Piquékleid. Fledermäuse mit Hufeisennasen flatterten ihr ins Haar. Das unbenutzte Vorderportal des Parks kreischte in den Angeln. Dahinter wucherte vernachlässigt der Obstgarten. Nach Spinnweben rochen die Winkel, nach Waldwanzen, Wespennestern und Asseln in Kellerlöchern.

In der Küchentür wuchtete breit und schwitzend die Köchin Marie. An einem Holztisch assen in Hemdsärmeln der Kointsch und in seinem Kutscherkragen der

Blasius Juriga, Sie redeten unter sich das Windische[21] der Grenze. Die Köchin schrie: »Wo bischt öpper rumstrabanzt? Mariandjosef! Zieg' di aus und glei in d' Kultur!« Sie trieb Gaby, sich ihres Kleides, ihrer Stiefeletten und ihrer à-jour-Strümpfe zu entledigen, und nötigte ihr einen groben Kittel, eine Flauschdecke und gegen den Hunger eine Schüssel mit Käsnudeln auf. Der Juriga war ein friedlicher Holofernes und führte den Namen Ausnahmsweis; denn das war das Wort, das er stets gebrauchte. Mit der Wichsbürste rieb er, als er sich gesättigt hatte, seine Rindsledernen ein. Gaby sah das Schallrohr, das von dieser Welt der Gehorchenden zu der ihren hinaufführte, und den Schacht zum Speisezimmer. Sie legte das Ohr an, um sich zu vergewissern, ob der Poldi der Mademoiselle noch servierte. Aber die Tür zum Souterrain öffnete sich, und der Kointsch, jetzt in einem Jakett mit von Grünspan angefressenen Wappenknöpfen aus Goldblech, meldete: »Die Gubernant«. Die Drouet schaute herein in einer dürftigen Robe. »Ich werde«, sagte sie, »ihre Eltern von dieser Eskapade benachrichtigen. Sie werden Sie mit Hausarrest bestrafen, méchante.« Aber die schwarze Monika blinzelte ihr zu und schlug, als Fieberfrost einsetzte, die Flauschdecke um sie.

Gaby sank in ihr Bett, von Schlaf überwältigt. Nach Stunden riss es sie hoch. Bei dem Öllicht, das in einer Tasse auf dem Nachttisch wie ein Schiffchen in einem Meer schwamm, sah sie sich in ihrem Blut. Das erschreckte sie, als entströme, wie einmal vor Jahren, ihr Leben, mit Todesnähe und Todesgeheimnis. Die Furcht

[21] Slowenische.

16

verwandelte sich in Willenlosigkeit und in peinigende Scham. Sie schlich, spähend, ob nicht jemand vom Personal sie überraschen könne, hinab zum ersten Stock und dann durch den Korridor mit den Jagdtrophäen in den Park, den silbergrün der Mond beschien. Der Spaten, den Gaby in einem Schuppen unter dem Holzrechen Jurigas hervorholte, klirrte. Mit ihm wühlte sie die Erde um die Borkenwand eines Pavillons auf. Da, wo sie die zerfetzten Stoffleiber, die entfärbten Porzellanköpfe ihrer Puppen heimlich, aber unter grosser Zeremonie begraben hatte, vergrub sie ein Linnenbündel. Als Cäsar, der zottige Leonberger, in seiner Hütte an der Remise winselte, ging sie durch die Lärchenallee behutsam zurück.

Der Mann auf dem Ovalporträt im Musiksalon und auf zwei Daguerrotypien war der Urgrossvater, mit langer Nase, gewölbter Stirn, glatt gestrichenem Schläfenhaar und wie umflorten Augen. Einen engen Frack trug er auf dem Ölbild, eine weisse, bauschig verschlungene Krawatte und eine schwarz und grün gestreifte Samtweste. Auf einer der Lichtplatten hatte er einen Zwilchrock und umgekrempelte Beinkleider, und ein Lorgnon verbarg seinen Blick. So war er wohl im Alter zwischen den Beeten seiner Villa bei Hadersdorf im Wiener Wald spaziert. Die Planegg, das angestammte Schloss in Kärnten, das er von einem slovenischen Besitzer zurückerwarb, überliess er nachher mit Matzdorf und Streitberg einem Verwalter. Durch sein Herzasthma war er eigensinnig geworden. In einem Gespräch mit dem Onkel Leopold hatte der Vater angedeutet, dass auch eine Hausdame oder Wirtschafterin, eine üppige Tschechin aus Kladrub, den Witwer mit der Familie verfeindet habe. Es gab in dem

Sekretär in der Bibliothek der Planegg, dem mächtigen Möbel mit den Tritonen und nackten Nixen, Papiere von ihm, Aufzeichnungen über seine Amtszeit. Bei der Regierung in Wien hatte er angefangen. In der Burg hatte der Kaiser Ferdinand ihm eine Audienz erteilt, in einem düsteren Raum mit zwei Kerzen neben einer Stutzuhr, deren silbernes Pochen das geistesarme Faseln seiner Majestät zertrümmerte. Von der Bezirkshauptmannschaft Hietzing wurde der Komitatskommissär Planegg nach Lemberg und Czernowitz gesandt. Er war in die Walachei und nach Bukarest gereist, das ein Ort war mit Prunk und barbarischem Elend, mit Branntweinläden und Garküchen, mit Darobanzen[22] zu Pferd und türkischen Musikbanden und dem Korso des Podu Mogosoe[23], auf dem die Birsen und die Equipagen der Bojaren sich drängten. Madame Anastasia von der Oper fesselte ihn, nicht so sehr durch ihre Koloraturen, an Bukarest. Aber dann war er heimgekehrt, um sich mit der Polin Jadwiga von Naszko zu vermählen und über die Präsidialkanzlei des Ministeriums des Inneren zum Statthalter Niederösterreichs aufzusteigen. Schon bald, in der Aera Kübeck[24], versetzte ihn der neue Herrscher mit einem Allerhöchsten Handschreiben und der eisernen Krone, nicht »in Anerkennung Ihrer Verdienste«, sondern »bei dieser Gelegenheit« in den Ruhestand. Nichts sagten sei-

---

[22] Dorobanți, rumänische Soldaten, zeitweise auch im Polizeidienst eingesetzt.
[23] Podul Mogoşoaiei, alter Name einer fast drei Kilometer langen Hauptstraße im Zentrum Bukarests, die seit 1878 Calea Victoriei heißt.
[24] Karl Friedrich von Kübeck (1780–1855), österreichischer Staatsmann.

ne Papiere über seine Frau, nichts über seinen Sturz. Unleserlich wurden die Buchstaben, leer blieben die Blätter, bis eine lakonische Zeile sie beschloss: »Ich war zwanzig Jahre allein, und allein will ich sterben.« Dreifach hatte er sein Testament gemacht. Vom ersten zum zweiten Mal hatte er das Legat für die Hausdame verdoppelt. Beim dritten Mal, als er fast siebzig war, schrumpfte es, vielleicht wegen eines Verdachts der Untreue, auf ein Drittel zusammen.

An seinen älteren Sohn, Karl wie er genannt und ehelos, gemahnte nur ein kleines Bild in trockener Tempera. Briefe von ihm wurden lange vermisst, bis man sie unter Gerümpel in einem klaffenden Koffer aufstöberte. Von der Militärakademie in Wiener-Neustadt kam er zu einem Jägerbataillon in Pettau[25]. Er hatte einen Hund Castor und eine Sammlung von Meerschaumpfeifen und galt als Sonderling. Von einer Liebesaffäre verwirrt, schoss er sich in den Mund, durchlöcherte sich nur das Fleisch der rechten Backe und schrieb auf einen Zettel: »Sollte es ein Wink der göttlichen Vorsehung sein? Nein, ich muss hinweg in das Nichts.« Jedoch auch ein zweiter Schuss ging fehl. Er bereute tief und wurde ein Offizier, der musterhaft seine Pflicht erfüllte. Mit dem Regiment Erzherzog Johann rückte er auf das Schlachtfeld von Solferino vor. Sturm peitschte die Wolken, Hagelkörner, wie Taubeneier gross, verwundeten die Soldaten an den Händen und in den Gesichtern. Da wurde inmitten des Unwetters die Schlacht abgeblasen, der Krieg war aus. Bei einem Stabsoffizierskurs in Toblach verriet Karl Eugen nahenden Irrsinn. Ohne Kappe und Säbel erschien

[25] Ptuj (Slowenien).

19

er bei den Patrouillen. Er erklärte, er werde mit seiner Kompanie auf der Croda Rossa Marmor brechen, das sei gescheiter als die dummen Übungen. Millionen werde das einbringen, die gesamte Schuld des österreichischen Staates werde er bezahlen. Die Kappe auf dem Kopf, Bergschuhe an den Füssen, ganz entblösst überfiel er auf dem Sarl-Kofl[26] die Töchter eines Feldmarschalleutnants, die in ihren lichtblauen Kleidern schreiend wegrannten. Unter dem Vorwand, er habe Schleimbeutelentzündung am Kniegelenk, die ihn bei alpinen Touren hindere, lockte der Bataillonsarzt ihn in das Innsbrucker Militärhospital. In einer Anstalt in Purkersdorf starb er.

Josef Ferdinand, den Grossvater, stellten vier Porträts dar, als Knaben mit der Lori Tant, seiner Schwester, als Leutnant mit der Czapka[27], in der weichen Unfertigkeit des Jünglings, als Infanteriemajor mit gereiztem Blick und spitzen Bartenden unter grosser Nase und in Altersresignation, als Zivilisten in Görz, wo ihn seine Tochter, die jetzt sechzigjährige Tante Valerie, überlebte. Er hatte in Wien die Gräfin Lažanska geheiratet, sie starb, als er in Syrmien[28] diente. Sie war die eitle Schönheit auf der Gouache, in blassblauem Seidengewand, mit funkelnder Gürtelschnalle, funkelndem Ohrgehänge und einem funkelnden Ring an der gegen das Kinn gestreckten Hand. Als Rittmeister machte der Grossvater den Krieg gegen die Preussen mit, und der Höhepunkt seines Schicksals war die Schlacht bei Königgrätz, von der Papa nach seinen genauesten, unermüdlich wiederholten Berichten

[26] Sarlkofel.
[27] Tschapka, militärische Kopfbedeckung.
[28] Landschaft zwischen Donau und Save, heute zwischen Kroatien und Serbien zweigeteilt.

erzählte. Er stand bei der sechsten Eskadron des Ulanen-
regiments Grossfürst Konstantin und kämpfte bei Ska-
litz und Königinhof. Auf der Kuppe über Chlum hielt
mit seiner Suite der Feldzeugmeister Benedek. Josef Ferdinand, zum Ordonnanzoffizier des Kronprinzen von
Sachsen bestimmt, sah, wie ein Generalstabshauptmann
zu Benedek heransprengte, wie die Depesche eintraf, die
Armee des Kronprinzen Friedrich Wilhelm sei der Tête[29]
schon in Sicht, wie Benedek die Bataillone des Reser-
vekorps gegen das Zentrum der Preussen warf und alle
Musikkapellen schon zur Volkshymne antraten, bis auf
dem rechten Flügel die preussischen Geschütze ganze
Kolonnen niedermähten und Chlum verloren ging. Inmitten der Feuerlinie ritt, auf seinem mit roter Quaste
gesattelten Lipizzanerschimmel, Benedek, den Generalshut mit dem grünen Federbusch im Nacken, mit zwie-
fach aufgezwirbeltem Schnurrbart und gelblich fahlen
Backenknochen und rief Josef Ferdinand zu: »Wir haben
leider ausgespielt, die Direktion ist Wien.« Aber noch
stiessen die weissen Massen der Kavalleriedivision Cou-
denhove wie eine Lawine gegen die preussische Elbar-
mee, zu aufopfernder Selbstvernichtung. Die Elbebrücke
nach der Festung Königgrätz wurde von Tausenden zer-
stampft, Tausende suchten die Schanzen zu erklimmen,
Hunderte ertranken. Josef Ferdinand gelangte mit ein
paar Mann seiner Eskadron bis zur Strasse nach Pardu-
bitz und nach Holitz, wo nun Benedeks Quartier war.
Mit zerbrochenen Proviantwagen war die Strasse besä-
et, die Leute plünderten das Mehl, den Reis, die Alko-
holfässer. Josef Ferdinand kam nach dem Krieg, da ihm

---

[29] Spitze der Kolonne.

durch das Grauen jenes Angriffs die Kavallerie als Waffe unerträglich geworden war, zum dreiunddreissigsten Infanterieregiment nach Arad. Hauptmann im Generalstab, dann Major und Stabschef einer Infanteriedivision, dann Oberstleutnant, dann Oberst, hatte er kein Regimentskommando, bis ihn ein Telegramm nach Essegg[30] rief, als Chef der Achtundsiebziger. Sofort musste er die Truppe nach Bosnien führen. Bei Schabatz[31] forcierte er in der Morgenstille die Save, gegen türkische Zaptiehs[32] und mohammedanische Freischärler. Er eroberte Gradatschatz[33], sein spanisches Röhrl in der Hand. Aber da der Vormarsch auf dem Gebirgskamm der Malijewitza stockte, die Fuhrwerke im Regen nicht weiterkonnten, die Brücken zerstört waren, entzog der Gegner sich der Umfassung. Das war im Okkupationskrieg, in dem die Insurgenten bei Maglaj siebzig Husaren niedermetzelten und verstümmelten, bei Banjaluka ein Militärspital belagerten, die Ärzte schon Zyankali nehmen wollten, um dem Martertod zu entgehen, und der Feldzeugmeister Philippović dem Kaiser Sarajewo einen Tag zu spät als Geburtstagsgeschenk überreichte, Josef Ferdinands ruhmloser Ausgang.

Und dann sahen auf einer Reihe von Bildnissen die Eltern Gaby an. Die Verlobten, der Bräutigam in grauem Rock und grauen Beinkleidern, den grauen Zylinder gegen die Hüfte gestemmt, in einer Freude an der Pose, der seine unvorschriftsmässige Miene auch damals widersprach, die Braut, die Hofdame Nora von Kollonitsch,

---

[30] Osijek (Kroatien).
[31] Šabac (Serbien).
[32] Polizisten.
[33] Gradačac (Bosnien-Herzegowina).

in Tüll, die Augen niedergeschlagen. Die junge Ehefrau in starrem weissem Brokat, mit gedrehten Locken und Perlenschnur. Die Mutter in einem Sessel, Theodor neben sich, der längst tot war, und im Arm den kleinen Gustl, und, vertraut und dennoch fremd, im Winterkostüm mit Skunkspelz und einem Rembrandthut, von dem die Pleureusen[34] wallten. Der Gatte ohne die Gattin, als Dragoner, als Kammerherr, als Jäger und auf einem Aquarell mit der Schalmei, in Älplertracht. Aber am gegenwärtigsten war für Gaby der Papa in dem Fleck oberhalb des Sofas im Herrensalon, unter der Landschaft vom Dachstein, dem Fleck von seinem mit Brillantine eingefetteten, noch immer starken und dunklen Haar. So unbekümmert sass er da, wenn er Gäste hatte, schnell trinkend und rauchend. Und über die Trennung hinweg hörte Gaby sein leichtfertiges, gutgläubiges Verschwenderlachen.

Der Wald wurde herbstlich, von dem Zimmetbraun und der Bronze der Eichen bis zum grünlichen Gelb der Akazien an der Seestrasse. Die Nebel über den Lichtungen beharrten mehrere Tagesstunden, und wenn sie zerflossen, waren die Blätter eingerollt, die Stoppeln auf den Äckern schwarz, wie verbrannt. Alles war abgeerntet, kahl das Gezweig der Obstbäume. Die Vögel, die nicht weggeflogen waren, verstummten. Die Weberspinnen segelten, mit dem Mariengarn[35] mitgerissen, durch die klare Luft. Verriegelt war die Bootswerft. Die letzten Dampfer gingen nur bis drei oder vier Uhr nachmittags.

[34] Federschmuck an Frauenhüten.
[35] Volkstümlich für fliegende Spinnfäden.

Von den Tauern setzten mit Regenschwall die Nordwest-
stürme ein. Dann schwanden die Wolken, und am Himmel zog das Heer der kalten Gestirne auf.

In der zweiten Oktoberwoche kamen die Eltern in
Klagenfurt an. Glatt rasiert, brachte Juriga die Equipage[36] zur Stadt. Der Bräundl und der Schimmel waren
vorgespannt; denn Hans, der Rappe, hatte ein verdick-
tes Knie. Gaby und Mademoiselle Drouet sassen schon
jetzt im Rücksitz, die Poldi kletterte zu Juriga auf den
Bock. Die Pferde trabten um Maria Loretto, den felsigen
Vorsprung im Röhricht, den Paternioner[37], die Militär-
schwimmschule. Der Mittag erhellte die Wände von Ko-
schutta und Obir[38]. Über die Böschung des Landwehr-
kanals breiteten sich die Kastanien, unter der Brücke
fröstelte ein Angler. Auf dem Heiligengeistplatz über-
schattete die Geistkirche die Dreifaltigkeitssäule, und
Gaby las die Inschrift am Steinernen Fischer, dem hohl-
äugigen Mann in der Nische des Rossbacherhauses mit
der zerquetschten Schelmennase und den übereinander
geschmiegten Beinen. Das war der Fischer der Volkssa-
ge, der mit falscher Waage gewogen hatte und in Stein
verwandelt worden war. Sie sah das Landhaus wieder
und nun den Neuen Platz, den schiefergrauen Lindwurm
mit den Fledermausflügeln, den Herkules mit dem Mor-
genstern. Tiefer noch als daheim der Tattermann haftete
dieser Märchenspuk in ihrer Kindheit.

Vor dem Bahnhof, an dessen Eingang auch mehrere Automobile warteten, verhielt Juriga die Pferde. Der

---

[36] Kutsche samt Ausstattung.
[37] Nicht mehr existierendes Gasthaus am Lendkanal zwischen
Wörthersee und Klagenfurt.
[38] Gipfel der Karawanken.

Wiener Zug ratterte in die Halle, und da war schon Planegg, im Mund die erloschene Virginia. Er liess mit seinen brünetten Bartkoteletts, seinem feschen Stösser, seiner Eleganz die fünfundfünfzig Jahre, die er hatte, nicht vermuten. »Servus, Mädi«, rief er, »Servus«, umarmte Gaby und nickte in gedankenloser Leutseligkeit der Mademoiselle zu, die schon zum ersten November gekündigt war. Die Mama war durch die Reisestrapazen nervös und betupfte sich die Schläfen mit einem Migränestift. Krähenfüsse waren unter ihrem Augenbogen. Gaby küsste ihr die Hand unter dem Handschuh. In dem Hotel in der Burggasse öffnete ein Kellner das Extrazimmer mit den weissen Tischen, der gepunzten[39], vergoldeten Tapete und dem Kaiser von Biskuit[40].

Der Zahlkellner Anton wedelte die Fliegen des Sommers, die schon ausgestorben waren, mit seiner Serviette fort. Er spielte den Berater. Jedoch wenn der Papa über Fogosch[41], Beinfleisch mit Oberskren, Kalbsschlögl oder Topfenhaluschka mit malender Mimik abschätzend redete, so wusste man, wer hier der Kenner war. Der Baron Planegg wurde als Kammerherr häufig damit beauftragt, ausländische Fürstlichkeiten durch Wien und die Monarchie zu geleiten. Franz Josef bezeugte ein Faible für den Ehepartner der geborenen Kollonitsch, die in ihrer ersten Jugend seiner Mutter gefallen hatte, für den Enkel des Mannes, über dessen Enttäuschungen die kaiserliche Vergesslichkeit gleichgültig hinweggegangen war. Die Majestät rastete in Ischl, wo der Fünfundsiebzig-

---

[39] Mit Hilfe von Schlagstempeln geprägten.
[40] Unglasiertes Porzellan von marmorähnlichem Aussehen.
[41] Zander.

jährige noch bisweilen pirschte. Aber Planegg begeisterte sich vor allem für das Jagdrevier in Mürzsteg und den Wildgrund und die Schlucht am Toten Weib, da wo das Kreuz war und die Brücke aus Fichtenkloben, der unter den Hufen ihres Pferdes bebende Reitweg der verewigten Kaiserin Elisabeth. Der Kaiser, sagte Planegg, habe in Ischl zwei Stuben für sich, möbliert wie in Schönbrunn oder der Hermesvilla im Lainzer Tiergarten. »Das Holz ist Wacholder aus Laxenburg. Aber schlafen tut er in seinem braungestrichenen eisernen Kasernkavalett, auf den Leintüchern mit seinem Stempel und mit Polstern von Rehleder. Morgens um vier weckt ihn der Ketterl[42] oder der Büchsenspanner, spült ihn ab und frottiert ihn.« Seltsam, wie alles um den bedürfnislosen alten Mann kreiste, der, auch wenn er, mit seiner grossen Brille bewaffnet, einer Säule ähnlich am Schreibtisch hockte, der Gebieter eines fast unbegrenzten Reiches war und die Verkörperung einer Legende.

Die Mademoiselle wurde unter einem Vorwand hinausgeschickt. Von Mürzzuschlag bis Sankt Veit waren die Gatten im Kupee nicht unter sich gewesen, und es drängte die Baronin von dem zu sprechen, was ihr am Herzen lag. Sie war im höfischen Bezirk verblieben, nach dem Hintritt[43] der Kaiserin-Mutter, nach der fernen Zeit, deren letzte Reminiszenzen für sie ein überaus gnädiges Billett Franz Josefs, eine Tischkarte mit goldenen Schnörkeln und ein Sträusschen zerbröckelter Pensées waren. Der Kaiserin war sie alsdann attachiert worden.

---

[42] Eugen Ketterl (1859–1922), letzter Kammerdiener Kaiser Franz Josephs.
[43] Tod.

Auf einem Hofball lernte sie Karl Rainer Planegg kennen. Das war eines jener Feste, die in ihrer schwärmenden Beschreibung die Phantasie ihrer Kinder entzückt hatten: der Redoutensaal im aprikosengelben Licht der Kristallüster und von Kerzen ohne Zahl, ein Menschengewühl, ein Crescendo von Stimmen, und plötzlich, als der Offizier der Leibgarde-Reitereskadron dem Dirigenten winkt, rauschen die »Donauwellen« auf. Sie wohnte im Amalientrakt der Burg, im dritten Stock nach der Schauflergasse, oder im vierten Stock gegen den äusseren Burgplatz zu, am Fräuleingang; und jeden Tag lief Planegg dem Hofwagen, in dem er sie wusste, vorauf, stand schon da, wenn sie ausstieg, und grüsste. Ihre Heirat mit ihm hatte man als Liebesheirat betrachtet. Aus der Umgebung der Kaiserin, die eine anstrengende Herrin war, kam sie in den Hofstaat des Erzherzogs Karl Ludwig. Franz Josefs Bruder erbat sie sich für seine dritte Frau, die Infantin von Portugal. Sie folgte ihr nach Reichenau und Artstetten[44] und einmal nach Catania. Nur über ein Zimmer verfügte man dort, das als Salon und Speiseraum benutzt wurde, der Hausknecht hatte das Diner für die Kammerfrauen durchgetragen. Auch an einen Julisonntag in Reichenau dachte sie heute zurück, der mit der Messe begann. »Zuletzt gab's Gefrorenes in der Gifthütte bei Waisnix[45]. Ein Piquéhemd hatte die Erzherzogin, einen roten Schlips und einen Meraner Strohhut,

---

[44] Reichenau: Schloss Wartholz, Kaiservilla an der Rax (Niederösterreich); Artstetten: einst in kaiserlichem Besitz befindliches Schloss im Westen Niederösterreichs.
[45] Der von Ignaz Waissnix und seinen Nachkommen geführte Gastbetrieb Thalhof in Reichenau.

und unerhört vornehm sah sie aus.« Schon wollte sie, nicht ohne Bitterkeit im Unterton, von den Söhnen Karl Ludwigs mit Maria Annunziata von Bourbon-Sizilien reden. Von Franzi, der Tronfolger war, seit sein Vater der verhängnisvollen Erbschaft Rudolfs entsagt hatte, dem schmächtigen, brustkranken Neunerhusaren mit den hervorquellenden Augen, der sein Leiden ehrsüchtig niederkämpfte und in Pressburg der Sophie Chotek verfiel, und dem schönen Otto, der als Ulanenoberleutnant den Bürgern von Klagenfurt Ärgernis bereitet hatte und sein Leben verwüstete. Der intriganten Chotek, der Fürstin Hohenberg, grollte, die Männer entschuldigte sie. Aber als warne sie ein fragender Ausdruck in Gabys Gesicht, verstummte sie mit einem katarrhalischen Räuspern.

Vor der Rückfahrt wollte sie noch ruhen und ging in den Oberstock wohin ihr die Poldi mit gespreizten Fingern den Sealmantel und der Kellner einen Kaffee brachte. Planegg schlenderte mit Gaby durch die Gassen. Bei zwei Antiquitätenhändlern sprach er diesmal als rasch interessierter und rasch wieder unlustiger Käufer vor, der nicht feilschte, aber nie bar bezahlte. Herr Ignaz Kemeter in der Lidmanskygasse schlief in dem Kabinett neben seinem Gewölbe. Unter dem Dreiklang der Glasstäbchen an seiner Tür kam er, ein Alräunchen, hinkend heraus. Er hatte manches da, eine gotische Truhe mit Flachschnitzerei, eine barocke Krippe, Pluviale[46], Monstranzen, Kelche, Ampeln, Laternen, ein bäurisch buntes Bett, einen Webstuhl und schwarzirdenes Geschirr von Museumswert. Indes der Baron die Seltenheiten beklopf-

[46] Liturgisches Gewand.

te und befühlte, um dann nur einen Leuchter und einen Krug zu erstehen, lächelte Herr Kemeter in seinen schütteren Spitzbart.

Der Laden im Hause zur goldenen Gans, zwischen Herrengasse und Tabakgasse, hatte zum Inhaber den pompösen Herrn Filaferro. Er führte den Baron durch den Hof mit den umrankten Arkaden und mit dem Wachtturm in sein Magazin. Planegg kaufte einen Harnisch, angeblich aus dem fünfzehnten Jahrhundert, ein Ziborium, einen steinernen Sankt Michael, ein byzantinisches Reliquiar, dessen Echtheit er bezweifelt hatte, und ein hölzernes Altarantependium, um das er mit Herrn Filaferro hartnäckig stritt, bis sie auf einen unangemessen hohen Preis sich einigten. Herr Filaferro erwähnte eine Forderung, die seit dem April noch schwebte. Der Baron krauste die Stirn, spähte zu dem Schwalbennest in der Rinne des Wachtturms empor, scherzte: »Streichen wir halt zwei Nullen, was?« und verabschiedete sich.

Um den Lindwurm und am Mehlplatz sassen die Öbstlerinnen mit Maschanzkern, Reinetten, Parmänen[47] und Winterbirnen. Vom Rosenbergschen Palais bis zum Viktringerhof mit der lichtgrauen Ordnung ihrer Risalite und Pilaster stauten sich ländliche Gefährte. Offiziere, Beamte in Uniform, Frauen, Mädchen, Gymnasiasten trafen einander viele Male im Korso. Planegg kehrte mit Gaby ins Hotel um. Die Baronin kam ihnen entgegen. Man jauste noch bei den ersten Nummern eines kleinen Orchesters, »Mein Lebenslauf ist Lieb und Lust«[48], der

---

[47] Apfelsorten.
[48] Walzer von Josef Strauss.

Renz-Polka[49] und den »Flotten Burschen«[50]. Das Gepäck und die Poldi wurden auf einen einspännigen Korbwagen verladen, mit dem Purschenjak nachgekommen war. Es ging hinaus durch die Sternallee[51] zur Lend, zum Ufer.

Der Himmel und der See waren von gläsernem Blau, das den rotgelben Wald scharf umrandete. Auf einer Wiese lagerten Zigeuner, Kesselflicker, um ein schmutziges Zelt, das vom Wind der Nacht zusammengeknickt war, und brieten Erdäpfel in einem Reisigfeuer. Ein Pintscher kläffte, Knaben in Sackhosen geberdeten sich wie Akrobaten und balgten sich um die Kreuzer, die der Baron lachend ihnen zuwarf, ein Weib, das traurig glotzte, gab einem Säugling die Brust. Aus dem Badehaus der Pension schlüpfte ein Wiesel, gestrafft von Raubgier. Ein Trupp Wallfahrer aus dem Lessachtal pilgerte nach Maria Saal, voran ein Pfahl mit einem von Silber umkränzten Jesus, Blasinstrumente, goldene Kreuze und ein Kaplan mit Brevier und Regenschirm. Von Reifnitz bogen die beiden Wagen nach dem Dorf und der Planegg ab. Die Pferde galoppierten den Hügel hinan, über den kreischenden Schotter. Offen war heute das Hauptportal mit dem restaurierten Wappen der Planeggs. Alles buckelte oder knixte, plump oder geziert. Die Räume im ersten Stock waren durch die meterdicken Wände geheizt, die Eisenklappen glühten, durch den Flur schwamm Luft von Tannenholz und Harz. Aber der Baron, unwillig

[49] »August der Dumme im Circus Renz: Polka für das Pianoforte« von Hermann Koeppen, 1870.
[50] Vermutlich die Ouvertüre der gleichnamigen Operette von Franz von Suppè.
[51] Heute nach einer Partnerstadt Klagenfurts Wiesbadener Straße.

über den Kampfergeruch um die Möbel, riss die Türen und das Doppelfenster im Musiksalon auf. Er sah nach den Karawankengipfeln und rief Gaby zu sich: »Morgen fahr'n wir durchs Landl.«

Bald nach dem Nachtmahl zu dreien, ohne die Mademoiselle, im Kerzenschein des Speisezimmers legten sie sich nieder. Gaby wachte; denn die gedämpften Stimmen der Eltern unter ihr störten sie. Mit einem Stearinlicht ging sie in die Stube nebenan, in der noch jetzt in seinen Ferien Gustl wohnte, der fünfzehnjährige Theresianist. Miteinander hatten sie, von dem Doktor Reingruber betreut, die Masern gehabt, die purpurnen Tupfen überall, das Hals- und Augenweh. Oft hatte Gaby den Schlafenden angeschaut, das dumme, wehrlose Kinderantlitz, die Schneckerllocken, den Mund, aus dem ein dünner Speichelfaden in die Kissen floss. Seine Händchen hingen über das Leintuch und waren feucht und warm. Von seinem leeren Bett ging sie in das ihre zurück, ein Summen in den Ohren. Das war vielleicht eine verspätete Gelse[52] in den Gardinen oder auch ihr eigenes Blut; oder die nächtliche Melodie der unbelebten Dinge. Von unten kam ein Hüsteln der Mama, von oben das Tappen der Monika. Auf einmal hatte Gaby wieder die Angst um den Vater, und nachher stammelte sie wirre Worte in ihren Träumen.

Der Baron sass schon im Gartensaal, in kurzen Hosen und Wadenstrümpfen, am Steirerhütl den Gamsbart, und rauchte Zigarette um Zigarette. Er war verdrossen. Der zweideutige Adjunkt, Herr Bankans, und der Förs-

[52] Mücke.

ter, der Pietschnigg, hatten ihm die Abrechnung über die Milchwirtschaft und Belege über Wildschaden gezeigt. Er ermangelte der Fähigkeit, irgendetwas nachzuprüfen. Als er Gaby sah, brach er mitten in seinen hilflosen Bemühungen ab. Er lief hinaus in den Hof, wo der Leonberger an ihm emporjappte und vor dem Tattermann das Break[53] mit dem Schimmel stand. Planegg selbst kutschierte, Kointsch entfaltete ein Plaid für Gaby und befestigte es um ihre Kniee, als das Break schon durch das grosse Portal glitt.

Sie fuhren in den Nebel, den die Herbstsonne langsam zerstreute, an Maria Wörth vorbei, zwischen Waldesstille und Häuschen von Stein und Holz. Segel blähten sich, wo das Wasser in Lichtschleiern gegen die Bohlen der Landungsstellen rann. Nahe bei Velden wies Planegg Gaby eine Villa mit dicht heruntergelassenen Jalousien. »Das ist der Sommeraufenthalt der Frau, die den Belgier geheiratet hat, den Bretteroder, eine Lex aus Prag. Er galt als Grandseigneur, aber dann wurden er und sie in Wien verhaftet. In einem Modenhaus in der Kärntnerstrasse hatte sie einen falschen Tausendguldenzettel ausgegeben. Der Mann hatte, ohne dass sie etwas ahnte, eine Notendruckerei eingerichtet. Er war ein Hochstapler. Jetzt lebt sie hier und irgendwo in Wien, ganz verschollen.« In einer Dachstube tauchte ein abgezehrtes Gesicht auf, totenkopfähnlich, eine mit einem roten Tuch umwickelte Stirn, eine schmale Hand, die eine struppige gelbe Katze fütterte.

Das Schloss von Velden begrenzte den See, efeubewachsen die Altane. Die Fahrstrasse wandte sich dem

---

[53] Schwere hohe Kutsche.

Rosental zu, an dem Bogen der strudelnden Drau, und dann kreuzte sie sich mit der Strasse nach Sankt Andrä. Die Felsenhöhe von Landskron, der Vorbau der Tauern, trug die Ruine. Der Ossiacher See wurde dem Blick frei, grün und elegisch, von Schilf umrahmt, mit Schwarzerlen im Moor, und zur Linken die Kanzel der Görlitzen[54], die eine Alm war, mit Krokus und Enzian im Frühling und jetzt mit Herbstzeitlosen. Schon aber waren sie am Westhang der Görlitzen, im Treffnertal. Sägemühlen trieb auch hier der Bach, der an den strohgedeckten Häusern der abseitigen Dörfer entlangschoss. Auf der Holzbrüstung einer Feuergrube, in der Flachs geröstet wurde, sassen, Leinölkrapfen in den Schürzen, arme Brechlerinnen[55]. Sie legten vor den Schimmel ein Wergbündel, und Planegg gab ihnen nach der Sitte ein Weggeld. Sie sangen ihr Chorlied und eilten noch Minuten hinter dem Break her.

Die Strasse ging durch die Wiesen am Wöllaner Nock zum Afritzer See und zum Brennsee. Sie senkte sich neben dem Döbriacher Bach, der vom Wasser der Schluchten anschwoll, und stieg wiederum. Der blaue Spiegel im Licht war der Millstätter See. Die Benediktinerabtei stand da, mit ihren Türmen und Toren, den beiden tausendjährigen Linden. Gaby war in jedem Sommer mit dem Vater in der Stiftskirche gewesen, nur heuer nicht. Sie kannte Säulen, Ranken und Fratzen des Haupttors, den Fries mit dem Fuchs und dem Hasen, den Hunden, den sich schnäbelnden Tauben, dem Christus und dem von ihm gesegneten Abt. Diesmal liess Planegg sie ein

[54] Gerlitzen.
[55] Flachsbrecherinnen.

Relief im Vorraum betrachten. Zwei Gestalten waren es, leidenschaftlich umklammert, die Augen in den Stein gebohrt, beseelte Augen von Lebenden. Planegg erklärte ihr, es seien nicht Nonnen, sondern ein Mann und Weib. »Die müssen sich sehr geliebt haben«, sagte er ernst.

Sie speisten in der Klosterwirtschaft. Der Baron fasste seinen Entschluss. »Wir schwänzen die Schul, die Mama kriegt ein Telegramm, in Spittal übernachten wir.« In der Post gab er einem schwatzhaften Fräulein die Depesche. Wiehernd griff der Schimmel von neuem aus. Sie fuhren über Seeboden und neben dem Lieserfluss nach Spittal. Herbstmelancholie mischte sich in die schwach besonnte Luft um das Goldeck, die Karawanken, den Mirnock, den Tschiernock, das Kreuzeck. Die Stadt an der Drau empfing sie. Durch eine Allee bewegten sich Automobile und ein Omnibus, ein Zeiserlwagen[56] von der Mallepost[57], dessen Kutscher ins Horn blies. Einwohner waren um den Porcia-Palast versammelt, ein Strahl beleuchtete die Renaissancebalkone und das graugoldene und blaue Wappen der Pforte. Der Abendschatten umwob den Marmor des Hofs, die Porträtmedaillons, den Brunnen.

In dem Hotel gegenüber nahm Planegg Zimmer. Sie wuschen sich und gingen durch die behäbigen Gassen. Dann setzten sie sich im Speisesaal des Hauses möglichst fern von den über Körber und Gautsch[58] sich ereifernden Honoratioren. »Du nippst ja nur wie ein Vogel«, meinte Planegg zu Gaby und trank viel Wein ohne sie. »Das war ein schöner Tag«, sagte er. Gaby erwiderte leise: »Immer

[56] Einfache Kutsche, frühes öffentliches Verkehrsmittel.
[57] Kutschentransportdienst.
[58] Paul Gautsch löste Ernst von Körber im Dezember 1904 als Ministerpräsident der k. u. k.-Monarchie ab.

werd' ich dran denken.« Er strich sich, wie er oft tat, den Bart. »Heut sind wir allein, Weibi, heut bin ich kuragiert genug, davon zu reden, hör' zu. Die Mama ist nicht im Bild über unsre Vermögenslage. Die Mademoiselle, sie hat dich übrigens heut morgen bei mir vernadert[59], also sie geht, nicht weil sie so fad und servil ist, sondern weil wir gezwungen sind zu sparen. Die Planegg ist ein baufälliger Kasten und kostet uns nur. Der Notar Woger in Klagenfurt hat Auftrag sie zu verkaufen.« Es wurde Gaby heiss, sie spürte, dass Tränen ihr über die Wangen rollten. »Na, du brauchst dich«, sagte Planegg, »um deine Eltern nicht zu sorgen, Mädi. Und auch um euch nicht, dich und den Gustl. Euch und die Mama werd' ich sichern. Gaby sagte: »Ja, Papa« und trocknete ihre Tränen mit dem Taschentuch.

Planegg lächelte und drückte sie an sich. »Putz' di«, so ermunterte er sie im Praterton, »putz' di, fesche Nettl, für den Waschermadelball!«[60] und befahl, eine Flasche französischen Sekts zu entkorken. Seine Lider wurden schwer. »Willst zu Bett, Weibi?« fragte er. Sie sagte, seine rechte Hand pressend: »Du wirst dich immer auf mich verlassen können, Papa.« Sie schlief nicht ein, auch nachdem die letzte Tür am Flur, die des Vaters, krachend sich geschlossen hatte.

Am Morgen war er frisch, und sie sah ihm von allem nichts mehr an. Sie fuhren durch das untere Drautal, auf der bald hüglig steilen, bald ebenen Reichsstrasse. Am Bahnübergang von Kammering[61] scheute das Pferd

---

[59] Verpetzt.
[60] Nach dem Gedicht »Wäscher-Nettel« von Albrecht Graf von Wickenburg (1838–1911).
[61] Kamering.

vor der bei offener Barriere heranpustenden Lokomotive eines Schnellzugs. Planegg war unaufmerksam gewesen, schimpfte zum Spass mit dem erschrockenen Wärter und rief Gaby zu: »Da ham mir wieder mal Glück gehabt.« In der Tiefe wellte sich der Fluss, zwischen den Ausläufern des Mirnocks bis zum Erzberg und zum Kohlenmesserbühel und der noch vernebelten Karawankenkette, bis zu der Vorstadt von Villach, den Fabriken, dem Bahnterrain. Dann hielten sie an der Draubrücke, um sich den beschneiten Manhart[62] und den Jalouz[63] und nahe dem Mittagskogel.

Planegg achtete heute nicht auf die Häuser mit alten Fassaden, für die es erhabene Namen gab wie die Karls des Fünften und des Paracelsus, des Wundermannes, nicht auf die toskanischen und jonischen Säulen der Lauben, er suchte nicht wie jedesmal das Christophorusgemälde in Sankt Jakob auf, die Leiningerkapelle und den Löwentöter Samson. Wohl kramte er bei einem Antiquar in der Gerbergasse. Aber nur eine Brautgoldhaube lockte ihn ein wenig. Er hatte eine Fahrt hinaus zum Warmbad vorgehabt oder zum Faaker See. »Lassen wir's«, nickte er vor dem Parkhotel; und Gaby sah plötzlich, daß er schon alt war.

Er begnügte sich mit einem Abstecher zum Magdalenensee, zum Veitbauer im Wald unter dem Kogel. Auf einer vergilbten Graslehne an der Treppe zum trüben Wasser standen rohe Holztische. Nur ein Touristenverein sass hier beim Bier, die Männer in Hemdsärmeln trotz der Kühle. Einer spielte die Klampfn. Eine Grauhaari-

---

[62] Mangart.
[63] Jalovec.

ge bot Edelweiss und roten Speck an. Das Licht erstarb über dem Ufer des grossen Sees. Planegg bat Gaby um seinen Lodenmantel und klagte, er habe Ischias. »Keine Silbe über alles«, sagte er, »zur Mama, du und ich, wir sind Verbündete. Jetzt reise ich mit ihr wieder fort. Aber dann kommst du mit uns nach Wien.« Sie fühlte, indes sich auf die Natur der schwärzliche Schleier legte, das unbezwingliche Beben ihres Herzens.

Der erste November war der Tag der Trennung von der Drouet; und Gaby hätte sie geziemend bedauert, hätte nicht die Mademoiselle ihr am Abend vorher gesagt, sie werde in Wien, wohin sie in die Familie des italienischen Generalkonsuls ging, die Baronin von der Undankbarkeit ihrer Schülerin noch brieflich verständigen. Ihr folgte keine Gouvernante, sondern eine Promeneuse, die nicht unterrichtete, das ehemalige Kindermädchen Hermine Veit aus Völkermarkt. Sie nannte sich auch Schütze und hatte einen Tituskopf und viel Freude am Essen.

Der Föhn hatte geheult, seine Schwüle schlug in Frost um, und in einer Nacht, gegen Morgen, bebte in Teilen Kärntens der Boden.[64] Die Geretteten läuteten ohne Strick, Hauswände zersprangen, durch die Spalten funkelten die Sterne, Türen verankerten sich und mussten aufgerissen werden. Auch in der Planegg, in der Gaby mit der Veit wachte, zerbarsten Fensterscheiben. Die Promeneuse glaubte an Geisterspuk durch Abfall von

[64] Im Paul-Wiegler-Archiv (Signatur 268) befindet sich ein weitestgehend textidentisches dreiseitiges Typoskript der Passage von hier bis zum Ende des Kapitels. Ob es veröffentlicht wurde, beispielsweise in einem Zeitungsfeuilleton, konnte nicht ermittelt werden.

Kalk auf die Bettdecke und Lärmen von Küchengeschirr. Dann kam mit der Poldi noch die Monika und tuschelte von der Trud[65], die die Bauern ihrer Heimat mit dem Kreuz auf die Tür bannten, vom Wassermann mit dem Schlamm im Haar und von der Teadin[66], die spülenden Mädchen erscheint, der Todesfrau.

Der grosse See verwandelte sich zu Eis. Die Fischer jagten mit ihren Stechern aus Sensenstahl, den geschliffene Widerhaken bewehrten, im Mondlicht den Huchen[67]. Vorn an ihren Booten baumelte der Drahtkorb mit dem fetten Kienharz, und über den Korb war ein Sackschirm gespannt. Gaby lief an den Nachmittagen mit der Feichtinger[68] Schlittschuh, in Achterschleifen um die milchig grauen, mit Besen abgesteckten Löcher. Aber der Wald hinter der Planegg war noch weisser als der See. Die Äste brachen unter der Schneelast, und immer dichter ballten die Flocken sich. Die Vögel starben, kleine Federkugeln, lagen sie mit an den Leib herangezogenen Beinchen morgens da. Der Schnee verwehte die Schotterstrasse. Purschenjak und Kointsch und die Tagelöhner hatten Stunden zu schaufeln, bis der weisse Wall geschichtet war. Die Keuschler räumten die Schneeklumpen von den Scheuern und den Ställen, aus denen das Gebrüll des abgemagerten Viehs drang. Die Bäuerinnen bereiteten Kukuruzsterz[69] und wärmten sich an den

[65] Hexe im Volksglauben des Unterinntals.
[66] Sagenhafte Frauengestalt aus dem unteren Drautal.
[67] Speisefisch, auch Donaulachs oder Rotfisch genannt.
[68] Überarbeitungsfehler Wieglers. An der ersten Stelle und den folgenden ist der Name Feichtinger gestrichen und durch Veit ersetzt, hier nicht.
[69] Polenta, Maisgries.

Abenden in den stickigen Spinnstuben. Und dann räucherten sie die Häuser; denn in einer Woche war Weihnacht.

Gaby erwartete die Eltern am Bahnhof in Klagenfurt. Beide trugen sie Pelze, die Mama eine Biberjacke mit einem Muff, der Vater ein Luchsfell. Sie schwiegen in der Equipage, in der jede Ritze verstopft war, und noch bei der gemeinsamen Mahlzeit in dem überheizten Speisesaal der Planegg. Dann sprachen sie lange miteinander, hinter verschlossener Tür, und der Baron musste auf seine Virginia verzichten, weil die Mama über Kopfschmerz klagte. »Ein rekommandierter Brief vom Advokaten ist da«, flüsterte Kointsch, der in der Post ein Schreiben des Notars Woger gesehen hatte, Gaby zu. Sie sollte üben und spielte im Musiksalon aus einem Heft Contretänze und deutsche Tänze von Mozart. Von den Kerzen tropfte es in die Teller, grünes Wachs mit aufgeklebten Goldschlangen. Die G-Saite schwirrte misstönend und widerspenstig.

Die Baronin streckte sich auf einem Diwan [aus], den Kointsch mit asthmatischem Schnaufen in eine Ecke rückte, vor sich eine Stehlampe. Sie sehnte sich nach Gustl, der aus disziplinarischen Gründen über die Weihnachtsferien im Institut zu bleiben hatte. Verstört war sie durch die Erlebnisse in Wien, die Wahlrechtsdemonstration auf der Ringstrasse und die Schlacht der Polizei gegen die unter roten Fahnen anmarschierende Arbeitermenge. Indes, mit einem jähen Gedankensprung war sie schon in den Tagen ihrer Jugend, bei kleinen Romanen, die um sie herum sich begeben hatten und ihrem traumhaften Geltungsbedürfnis schmeichelten. Noch hatte sie zum Gefolge der Kaiserin-Mutter gehört, als in Marienbad ein Unbekannter, ein ruthenischer Gutsbesitzer, sie mit seinen Huldigungen belästigte. »Merci, Madame«, hatte er ihr zugesetzt, »de votre gracieux et obligeant silence. La reine de Saxe n'a pas cru se déshonorer en me répondant.«[70] Sein Name wurde von der Polizei ermittelt, die beteuerte, dass ein Exzess des Mannes nicht zu befürchten sei. Aber er schrieb nochmals an das Fräulein von Kollonitsch und äusserte den Wunsch, dass sie seine Ernennung zum »Officier de l'Ordonnance avec le grade d'un major ou capitaine«[71] empfehle. Sie und Planegg hatten geheiratet. Durch eine Börsenderoute büsste er, der achtunddreissigste Kammerherr und Rittmeister, einen Teil seines Vermögens ein. »Nicht wahr, Rainer«, seufzte sie, »lange Zeit war das Wort Escomptebank der Schreck für uns.« »Ich muss dem Notar schreiben«, sagte er und ging, ohne aufzublicken, in sein Arbeitszimmer. Sie sprach von ihrer ersten gemeinsamen Einrichtung in seiner Garnison Steinamanger. »Möbel hatten wir fast keine dort, die vielen bosnischen Teppiche, die er gekauft hatte, hingen über Kisten. Seine Rennpreise standen herum, zwischen einer Menge gerahmter und ungerahmter Photographien. Einmal fand ich in seinem Schreibtisch ein vergessenes Bündel blauer Banknoten. Ja, my dear, es war keine Sinekure[72], die Gattin des Barons Planegg zu sein.«

---

[70] »Danke, Madame, für Ihr anmutiges und verbindliches Schweigen. Die Königin von Sachsen hielt es nicht für unter Ihrer Würde, mir zu antworten.«
[71] Ordonnanzoffizier im Rang eines Majors oder Hauptmanns.
[72] Amt, mit dem Einkünfte, aber keine Amtspflichten verbunden sind.

Später fiel draussen wieder Schnee. Das Personal unten rüstete sich zur Weihnachtsbescherung, bis auf Kointsch, der mit herablassender Miene die Fensterläden verrammelte und die Plüschportieren zuzog. Die Baronin legte sich eine Patience mit elfenbeingelben Karten, auf denen die Könige Frauenstirnen hatten und weisse Perücken wie die Damen und die Buben Baretts und Pagenröcke, und prophezeite sich einen Schnupfen. Planegg schritt in der kalten Galerie umher, die von zwei Kronleuchtern erhellt war, und inspizierte seine noch ungeordneten Kunstschätze. Dann hörte Gaby, wie er durch die Bibliothek zurückkehrte und den Musiksalon betrat. Er sang mit weichem, nicht ungeschultem Bariton das Lied des Azur[73] »Ich sprach wie ihr in goldnen Tagen« und dann den »Leiermann«[74]: »Wunderlicher Alter, soll ich mir dir gehen?« Gaby dachte an ihren Kindertraum von ihm. Sie hatte in ihrem Schmerz über Theodor, der gerade gestorben war, über »Onkel Toms Hütte« geweint; und der Papa war Saint-Clair, der edle Kaufmann von New-Orleans, der Freund der Sklaven, der Vater der kleinen Eva, der an ihrem Tod zugrunde ging. Das war die Szene, die Gaby auswendig gelernt hatte: wie Saint-Clair nach dem Tee am Klavier mit Inbrunst das »Recordare, Jesu pie« anstimmte und in der weissen Nacht, sterbend an dem Dolchstich eines wüsten Kerls, aus einem Café in seine Villa geschafft wurde. Und sie entsann sich auch der Migräne von Evas Mutter

---

[73] Aus Ferdinand Raimunds Bühnenstück »Der Verschwender« (1834).
[74] Lied aus Franz Schuberts »Winterreise« (1827).

und des Canapees, auf dem sie, ein seidenes Moskitonetz über sich, einschlief. Mit den Operettentönen von Girardis Csupan[75] verklang der weiche Bariton.

Dann kam wie in jedem Jahr der Heilige Abend. Die Tanne von der Sattnitz im Gartensaal, in Weiss und Silber, das mit den Nadeln der oberen Zweige prasselnd verkohlte, die Gesichter des Adjunkten, des Försters, der Bedienten, die Gruppen der Knechte und der Keuschler, die nur noch selten, bei Hochzeiten, Taufen, Wettschiessen und Totenmählern, Schloss und Dorf zusammenführten, und die nächtliche Christmette in der Kirche drunten; denn die baufällige Schlosskapelle war seit Jahren schon zu. Bei der Mette amtierte der bebrillte Kooperator. Aber am Weihnachtsmorgen, beim Hochamt, der von seiner Gicht verbogene Dechant selbst, unter der Assistenz des dürren Mesners und zweier tölpischer Ministranten. Die Eltern sassen im geschnitzten Patronatsstuhl mit dem Planeggschen Wappen, unter Barockengeln. Auf dem Chor, der schmale Masswerkfenster und abgestufte Strebepfeiler hatte, standen die Burschen und Mädchen. Die alten Frauen murmelten die Gebete und die Antworten der Litanei. Das Neujahr nahte und der Tag der Drei Könige. Die Singer sangen im verschneiten Schlosshof ihr Lied: »Drei Könige aus Orient erkennen's an den Sternen, wir sein herkommen zu dem End, Messiam zu verehren.« Vor ihnen wirbelte auf vier Stangen der Stern von Buntpapier. Sie hatten Kronen von Rauschgold, und das Antlitz des Mohren war

---

[75] Alexander Girardi (1850–1918), berühmter Darsteller des Csupan aus Johann Strauss' Operette »Der Zigeunerbaron«.

schwarz von Kienruss. Sie quetschten in einen Beutel die Geschenke, die Gaby und die Poldi ihnen zutrugen, und malten nach dem alten, zeitlosen Brauch auf das Tor: CMB 1906.

II

Die Planeggs wohnten in Wien im Matschakerhof, in der Seilergasse, nahe dem Graben. Der mächtige Südturm von Sankt Stefan, die Dreifaltigkeitssäule und ihre Figuren des Glaubens, der Pest, des knienden Kaisers Leopold und der Engel auf Wolken, die Kuppel der Peterskirche waren mit Schnee beklebt. Um den Stock im Eisen flanierten die Scharen der Zylinderträger und der Offiziere. Die Damen hoben bis zum Spann ihre langen Kleider und den Saum ihrer Mäntel, an denen Veilchenbuketts aus Treibhäusern staken. Die Hupen der Autos gellten. Die Unnumerierten[76] liessen ihre Rösser traben oder schwatzten mit den Wasserern[77]. Bettler hockten an den Türen der Cafés, in der Passage des Trattnerhofs, am Eck zum Kohlmarkt. Gaby war mit Fräulein Veit, die ihr auf schiefen Absätzen folgte, allein. Sie schlenderte bis zum Demel, wo sie und Theodor sich an Indianerkrapfen und Schlagobers den Magen verdorben hatten, und bis zu Artaria[78], wo die Fünf Sinne von Makart[79] auslagen. Die Herrengasse hatte noch die Geschlossenheit ihrer Barockfassaden und Empirefronten. Da waren die Liechtensteinsche Reitschule, der Blumenladen von

[76] Fiaker ohne amtliche Nummer, dienten Angehörigen der gehobenen Wiener Gesellschaft, die über keine eigene Equipage verfügten, zum Vorfahren bei Besuchen, wenn (nummerierte) Fiaker den strengen Etikettevorschriften widersprachen.
[77] Wasserverkäufer, die mit Tanks auf ihren Pferdewagen durch die Stadt fuhren.
[78] Haus am Kohlmarkt 9, einst Sitz des gleichnamigen Verlages.
[79] Gemäldezyklus von Hans Makart (1840–1884), repräsentativer Maler der Ringstraßenepoche.

Hoybrenk mit den Orchideen, die Naturalienhandlung mit dem Geglimmer ihrer Halbedelsteine, den ausgestopften Kolibris, den Salamandern und Axolotln, der Garten des Palais Harrach, dessen Bäume jetzt kahl über das Gitter ragten. Durch die Portale der Ministerratspräsidiumskanzlei, der Statthalterei, des Ständehauses schritten mit ihren Aktentaschen die Hofräte.

Von dem Pflaster um die Minoritenkirche wandte Gaby sich gegen ein Uhr über den Ballhausplatz der Burg zu. Von einer anderen Menschenmasse erfüllt als im November der Ring war der Franzensplatz. Unter dem rotgoldenen Fries des Schweizertors reihten die Burggendarmen sich auf. Vor der Hauptwache im Leopoldinischen Trakt standen Bosniaken im Fez und fiebernd ein Hauptmann im Tschako, um die Hüfte das Portepee. Dann kündigten dumpfes Paukendröhnen und Stampfen die neue Wachtruppe an. Der Schnarrposten beim Schilderhaus schrie: »Gewehr heraus!« Die Soldaten sprangen an die schwarzgelbe Schranke, der Offizier kommandierte, schmetternd hallte durch das gewölbte Schauflertor die Burgmusik. Die Fahne mit dem Doppeladler wurde übergeben, die Kapelle, das Franzensdenkmal umringend, spielte »Gott erhalte!« und den Generalmarsch. Die Tausenden spähten nach einem Fenster droben, dessen Gardine langsam bewegt wurde. Die Hand, die sie rührte, war die welke Hand Franz Josefs. Aber das Gewimmel zerstreute sich erst, als mit dem Jubel des Radetzkymarschs die Kapelle die abgelöste Wache in die Heumarktkaserne begleitete.

Um zwei sollte im Matschakerhof gespeist werden. Dort sollte Kointsch den Gustl abliefern, der nach der Vorschrift der Theresianisten nicht unbeaufsichtigt in

die Stadt durfte. Er und Gaby kamen vor den Eltern. Seit
Ostern war der Fünfzehnjährige nicht beurlaubt worden. Heute, nach dreiviertel Jahren sahen die Geschwis-
ter sich wieder. Gustl erschien, verschüchtert, in seinem
dunkelblauen Waffenrock mit Goldlitze am kirschroten
Kragen, in grauen Hosen, auf dem blonden Scheitel den
Dreispitz, der wie der Miniaturdegen ein Teil der An-
staltsadjustierung war. Gaby nahm Ferdinand August
in den Lesesalon des Hotels, und er erzählte vom Theresianum in der Favoritenstrasse. Seine Camerata be-
stand aus zwanzig Schülern. Neben dem gemeinsamen
Saal lag, neben einer Glastür, die Stube des Präfekten,
eines ehemaligen Piaristen. Er hatte Gustl ertappt, wie
er in dem Buch der Prinzessin Salm-Salm, der Zirkus-
künstlerin, über Maximilian von Mexiko schmökerte,
und ihn und den Hartig, als sie über die Mary Vetsera[80]
wispelten, nach der die von der Polizei nun doch entfern-
te Wachsbüste bei dem Friseur Huby in der Schwarzen-
bergstrasse modelliert gewesen war. »Denn weißt, Gaby,
der Kronprinz hat die Mary erschossen und dann sich,
hat zu unserem Pedell, dem Vogl, der Loschek gesagt,
der Kammerdiener. Ihr Onkel, der Alex Baltazzi, und der
Graf Stockau haben die Leich' im Wagen nach Heiligen-
kreuz spediert, aufrecht als wie lebendig, und nachdem
der Sarg gezimmert war, ist sie verscharrt worden. Der
Präfekt hat den Namen von der Vetsera gehört, aber wir
mussten natürlich leugnen, der Hartig und ich, sonst
gab's das Consilium. Ich wär ein Schussbartl[81], hat der

---

[80] Geliebte des Kronprinzen Rudolf von Österreich-Ungarn,
mit der er sich 1889 im Schloss Mayerling erschoss.
[81] Schusseliger Mensch.

Direktor dem Papa geschrieben. Unsere Camerata hat im Garten geturnt. Und wer da Silentium kriegt, muss schweigen und darf von der Kastanie nicht weg, zu der ihn der Präfekt geschickt hat. Ich bin zum Hartig 'nüber, weil ich's nicht mehr ausgehalten hab', und die Strafe war Fasten, und den Ausgangstag haben's mir entzogen.«

Gaby fragte ihn, weshalb er nicht in die Weihnachtsferien gelassen worden sei. »Ich hatte mein schlechtes Zeugnis«, sagte er, »und war Ultimus. Aber da is noch was passiert. Der Salvotti is in die Jolan Fischer ganz verbrennt. Er hat gewettet, dass er beim Präludium auf der Orgel das Lied einflechten wird, das sie als schöne Helena singt: Evoë, um zu gefallen. Und er hat das auch so gemacht, denn er ist hochmusikalisch und will Komponist werden. Der Direktor hat ihn beim Krawattl gepackt und runtergeholt, eh noch die Professoren den Skandal gerochen haben. Ich hab' gegrinst, und da war's aus mit Ferien. Jetzt muss ich höllisch auf der Hut sein.« Er blickte sie mit seinen tief umränderten Augen an. Deutschmeister, das wusste Gaby, hiessen in Wien diese Ränder. Sie streichelte ihn: »Gustl, du wirst den Papa nicht erzürnen, wo er schon so viel Sorgen hat!«

Die Eltern hatten inzwischen das Hotelrestaurant betreten. Gustl verneigte sich zum Handkuss, im Schneelicht von draussen sehr blass. Aber Planegg, heiter und stattlich, seitdem er wieder in Wien war, sagte nur: »Da ist er ja, unser Spirifandl, unser Stiftsbub! Wird schon wachsen, wird schon wachsen! Auch in der Klugheit, was, Herr Sohn? Wenn alles nix hilft, probieren wir's mit einem Privatkorrepetitor.« Der Papa war im Belvedere gewesen, die Mama im Augarten-Palais. Die Vorbereitungen für das künftige Domizil in Hietzing strengten sie an, in der Maxinggasse gegenüber der Mauer von Schönbrunn. Eine Villa unweit des Kaunitzschlössels hatte Planegg gemietet. Morgen sollte das Erdgeschoss eingerichtet werden. Aber die Baronin hatte für heute noch Pflichten auf einer Soiree in der Alleegasse; und morgen abend war Picknick im ungarischen Ministerium. »I have procured you an invitation by the patronesses, Gaby«, sagte sie. Flüchtig, dann heftiger, als bereue sie, verabschiedete sie sich von Gustl und ging, an der Stiege nach Poldi rufend, hinaus. »Brav sein, Bub!« ermutigte Planegg den Theresianisten und tätschelte ihm die linke Wange. Kointsch eskortierte ihn bis zur Favoritenstrasse. »Ja, und wir? Was tun wir?« fragte Planegg. »Wir gehen alsdann in die Oper.«

Bisher hatte Gaby die Oper nur wenige Male gesehen. Als Siebenjährige hatte sie das Ballett »Exzelsior« bestaunt und mit zehn oder elf, eine Ermüdung niederkämpfend, den »Otello« von Verdi. Winkelmann sang, das behielt sie, die Titelrolle, Reichmann den Jago, Toni Schläger die Desdemona. Nachher hatte sie erfahren, dass es einen Bund gab, für den der hohe, schlanke Winkelmann der Abgott war, und einen der Reichmann-Enthusiasten. Und oft noch schwärmte der Vater von den Tränen in der Stimme des Tenors, von dem Violoncell und dem romantischen Horn in der Reichmanns, dem er mit seinem Dilettantenkönnen nacheiferte, von der Schläger, der Greislerstochter[82], der Schleiferin in einer Fabrik, der Choristin, und ihrer Wildheit. Aber Gaby begriff das Orchester damals noch nicht, und in dem düsteren, wegen einer Hoftrauer sehr leeren Zuschauer-

---

[82] Greisler: Besitzer eines Kramladens.

raum wäre sie eingeschlafen, hätte nicht nach dem dritten Akt Zischen gegen die Claque angetobt. Heute war die »Manon Lescaut« von Massenet. Sie tauchte unter in der süssen schimmernden Sinnlichkeit, die sich ihrem pochenden Herzen enträtselte. Sie war gebannt von der Sängerin und ihrer Koloratur, von dem Des Grieux und seinen schweren Augen. In ihrem vergissmeinnichtblauen Kleid mit dem sparsamen Décolleté fühlte sie, beklommen errötend, die Blicke der Herren auf sich. Drunten in der Marmorhalle vertraute Planegg, der noch zu Sacher wollte, sie der Veit an. Auf dem Weg zum Matschakerhof wich sie den Manons der Kärntnerstrasse aus, die mit Schmutzspritzern an den Unterröcken durch die Schneelachen trippelten.

Am Vormittag darauf besuchte sie bei den Salesianerinnen ihre Freundin Alice Tuma von Siegeswald, die Waise eines Obersten, der in Klagenfurt gestorben war. Alice lebte als Elevin in einer Klausur, die noch etwa ein Jahr, bis zu ihrer Grossjährigkeit, dauern sollte. Vom Schwarzenbergplatz ging Gaby den Rennweg hinauf, zwischen dem Belvedere und dem Botanischen Universitätsgarten. Sie läutete an der massiven Innentür des Klosters, in der ein Guckloch war. Die Pförtnerin meldete sie der Oberin. Durch die Korridore huschten die Nonnen, in steifen Hauben, um die Finger Rosenkränze. Das weissgetünchte Sprechzimmer hatte einen Estrich von Ziegeln. Sechs Holzstühle und ein Kruzifix gewahrte der unsichere Blick in dem spärlichen Licht, das durch das geblendete Fenster floss. Ein Holzgitter von Buchenstäben trennte einen zweiten Raum ab. Dort stand mit einer Nonne Alice, in einem Klostergewand von Perkal, um den dünnen Hals eine silberne Muttergottes von Mariazell.

Den Freundinnen war es verboten, sich anzufassen. Sie zwangen sich zu Scherzen von Pensionärinnen. Alice hatte den Theodor gekannt. Das ermöglichte Rückerinnerungen an Zahnweh und an ein Feuerwerk in Pörtschach. Aber es verlangte Alice, Gaby von ihren Empfindungen für eine der Visitandinnen zu berichten, die wie in der Heimat die Observanz des heiligen François de Sales vertrat, Pauline Lentretien, eine Lothringerin aus Nancy. Von ihr hatte sie die »pratique« gelernt, die Mittel der Kasteiung, die Registrierung der Sünden, die Anhäufung von Verdiensten, die den Sieben Schmerzen Mariä oder dem Herzen Jesu zu opfern waren. Sie hatte auf Erbsen gekniet und sich dabei wehgetan. Die Mère Lentretien hatte diesen mystischen Drang abgeleitet; und nun war Alice, eine zarte Blondine, schon wieder im Zwiespalt durch Ungeduld nach der Weltlichkeit. Es war zehn Uhr, die Stunde für das Mittagessen der Elevinnen, dem wie stets erbauliche Lektüre aus Ozanams »Poètes Franciscains« oder geistlichen Romanen voranging. Alice sagte durch das Gitter von Buchenstäben: »Adieu! adieu! auf bald!«

Vom Rennweg eilte Gaby, in einer plötzlichen Bangigkeit, die sie sich nicht erklären konnte, nach der Theresianischen Ritterakademie, zu Gustl. Sie sah ihn und noch neunzehn aus seiner Camerata Meta spielen, die Kautschukkugel mit den Balestren stossen, den Schlaghölzern. Der schmächtige Offiziersknabe lief auf sie zu. Er klammerte sich an sie, bis das blecherne Signal durch den Garten schrillte.

Zum Picknick in der Ungarischen Hofkanzlei wurde sie schon am Nachmittag von der Poldi frisiert. Fünf Gulden zahlte man als Eintrittsgeld für die Person. Man verneigte sich vor den Patronessen, die am Büffet walteten. Hässlich, mit ihrem Clownsgesicht, in dem die schwarzen Zigeuneraugen funkelten, klein und dennoch gebieterisch in ihren Allüren stand da die Kohary, die Fürstin, das graue Haar mit den in die Stirn sich schlängelnden Locken violett, in der Farbe ihrer Robe, überpudert, ein fünffaches Perlenkollier um den mageren Hals. Sie war die ruhelose Seele dieser Unternehmungen, die als eine Vorschule für die grossen Tanzgesellschaften betrachtet wurden. »Die Karyatiden«, rief sie, eine lästernde Tyrannin ihrer Umwelt, Planegg zu und deutete mit dem Fächer, dessen Straussenfedern sich in dem glitzernden Schmuck ihrer Korsagen verfingen, auf die gebeugten Rücken der eintretenden Exzellenzen. Über dem Stiegengeländer wuchteten, zwischen kauernden Putten, die barocken Riesen und Riesenweiber, zu verkrampften Posen erstarrt. Gaby, von der Mama der Kohary vorgestellt, empfing von ihr einen unzeremoniellen Klaps gegen die Nase.

Die Tänzer, die sich hier versammelten, galten als »épouseurs«[83]. Die Hauptsache war der Kotillon mit der Verteilung von Blumenbuketts an die Herren als Spenden für die Damen und von seidenen Maschen und Kokarden an die Tänzerinnen, mit Nadeln zur Befestigung an den Frackrevers des Auszuzeichnenden. Die Blüten sassen, mit Draht gebunden, auf gestanztem weissem Glanzpapier. Aber die Tänzer verehrten ihren Damen wohl auch Extrabuketts, Blumenkörbe und Blumenräder. Auf einem Kindermaskenball hatte Gaby vor Jahren

[83] Freier, Bewerber.

ihren Kusin Kollonitsch getroffen. Seither hatte sie ihn nicht wiedergesehen, und überrascht verhielt sie den Schritt, als er in der Uniform der Windischgrätzdragoner auf sie zukam. Damals hatte sie ihn mit wichtiger Miene gebeten, ihre schönen »Schucherln« zu beachten, und sie hatten einander kichernd geneckt. Nun war er blasiert geworden und enttäuschte sie durch fades Ballgeplauder. Sie wurde zu Walzern aufgefordert, von einem Grünner, einem Schlick, einem Althan. Ihr Körper erhitzte sich, sie merkte, dass der Schulterstreifen ihres rosa Tüllkleides umgeschlagen war und ihr Gürtelband sich verschoben hatte. Von drüben folgte Planegg ihr durch den Menschenwald. In ihren braunen Flechten glitzerte, wenn sie sich der Ecke näherte, von der aus er ihr zuschaute, die Mondsichel der ihrem Kamme aufgesetzten Diamantsteinchen. Die leuchtende Mädchenanmut dieses jungen Geschöpfs, das seine Tochter war, riss ihn hin.

Nach Mitternacht reichte er selbst ihr zum letzten Walzer den Arm. Sie stiess einen fröhlichen kleinen Schrei aus, als ihre ausgebreitete Schleppe sich um seine Knie wickelte. Ihre Augen schlossen sich. »Ich bete dich an, Papa«, flüsterte sie lächelnd. Von ihrem Kleid waren Rosetten abgesprungen, und so machte sie den Kotillon nicht mehr mit. Drei Extrabuketts hatten während der Pause die Träger für sie in die Garderobekammer gelegt, zu ihrem Mantel, ihrem Cachenez und ihren Gummigaloschen. Schon bei der Rückfahrt in die Maxinggasse fielen die Blätter der prangenden Clivien ab. Indes die Mama schnarchte, verscheuchte Gaby, an den Vater gelehnt, ein Weinen. »Was hast denn, Mädi?« fragte er, und in der ihren zitterte seine Hand.

Es wurde März. Im Park von Schönbrunn, um den zerstörten antiken Triumphbogen und die steinernen Gottheiten des Bades, um die Bosketts und die Gloriette erwachte der Vorfrühling. Silberpappeln, Ulmen und Linden grünten im Garten der Villa in Hietzing. Mit wahllosem Bric-à-brac aus den Beständen des Möbelmagazins am Kohlmarkt und alten Prunkstücken aus Lažanskyschem Erbe, die von Mähren herübertransportiert worden waren, hatte Planegg den Räumen ein verändertes Gesicht zu geben versucht. Der Doktor Woger sandte einen dick zugesiegelten Brief. Der Verkauf von Matzdorf war vollzogen. Vom Herbst ab blieb kaum mehr als ein Drittel des Areals, die Planegg und das an Ertrag arme Scheitberg. Der Preis für Matzdorf hatte auf die Hälfte erniedrigt werden müssen. Denn der Fichtenborkenkäfer und der Kiefernspinner hatten die Nadelholzwälder verheert.

»Ich gestatte mir, vor einer Überschätzung der Situation zu warnen«, schrieb der Notar Woger als gewissenhafter Berater. Planegg jedoch war hochgemut. In festlicher Laune nahm er Logenplätze zum »Don Giovanni« und zu einer Wiederholung des »Fidelio«. Die beiden Abende waren für Gabriele traumhaft. Der »Don Giovanni« durch die Dekoration von Rother und den Zusammenklang der Stimmen von Weidemann, der Gutheil-Schoder, der Mildenburg. Aber im »Fidelio« erschütterte nichts sie so sehr wie der Unisonogesang der geretteten Gefangenen. Was war das, dieser ungeheure Ruf nach Erlösung aus Kerkerhaft und dieses Hörnerjauchzen der Freiheit?

Am Nachmittag darauf kehrte sie von Alice zurück. Sie öffnete die Tür des Zimmers im Obergeschoss, das für Gustl, wenn sein Präfekt ihn zu den Eltern beurlaubte, reserviert war. Der vorige, ein Theologe aus Waidhofen an der Ybbs, hatte sich, so fand Planegg, durch die Enge seines Denkens als ungeeignet erwiesen. Ihm folgte ein Theologiestudent, der heute zum ersten Male hier war, ein jüngerer Bruder des Hofmeisters beider Söhne der verwitweten Gräfin Erdmannsdorff, Herr Robert Ammerland aus der Schwarzspaniergasse. Würde er sich bewähren? Er sass Gustl gegenüber an einem langen, mit Unterrichtsbüchern beladenen Eichentisch. Neben einem Globus thronte darauf, vor einem anatolischen Gebetsteppich, die letzte Erwerbung Planeggs, ein Gipsabguss des David von Donatello. Nicht des nackten Knaben von Bronze, mit dem Hirtenhut und den Beinschienen, unter dem der Helm des Goliath liegt, und dessen Hände Schwert und Kiesel halten, sondern des marmornen, barhäuptigen, der rastend die Finger spreizt und die Schenkel. Der neue Korrepetitor war mittelgross. Er hatte dichtes, dunkles Haar, den Anflug eines Bärtchens und Augen, die er gegen das Übermass des Lichtes schützte, als schmerzten sie ihn. Helle Augen, wie Gabriele dann sah, mit breiten Lidern und Brauen, die über dem Nasensattel sich vereinigten. Lässig schien er, von regelmäßigem Antlitz und harmonischem Gliederbau.

»Baronesse Gabriele, die Schwester meines Schülers, nicht wahr?« Das fragte er mit einer Art ironischer Unterwürfigkeit. Sein Ton behagte ihr nicht. Kühl sagte sie: »Ich würde gern ein paar Minuten zuhörn. Darf ich?« »Nichts kann mir«, bejahte er, »erfreulicher sein. Also ich fahre fort.«

Sie winkte Gustl zu, der zweifelnd und nicht ohne Spannung wartete, und liess sich beim Fenster nieder. Um die Küchentür schwirrten hungrige Blaumeisen, Drosseln zankten sich im Geäst eines Nussbaums. »Wir lesen«, sagte der Student Ammerland, »in den Reden von Cicero, die äusserlich virtuos und innen hohl sind. Es ist eine der Verrinischen, gegen den Prätor von Sizilien. Nachdem ich euch so lange… junger Herr, Sie haben das Wort!« Gustl sah in die lateinische Schulausgabe, stotterte aber nur etwas Beiläufiges zurecht. »Ganz vortrefflich«, lobte ihn Ammerland mit einer Milde, die wie von fern kam, von der Gletscherhöhe der Lebensphilosophie, und dabei verdeckte er seine Augen. »Nachdem ich euch so lange mit der abscheulichen Grausamkeit des Verres beschäftigt, nachdem ich für seine Verbrechen alle Nuancen der Sprache erschöpft habe… Genug, Baron, für diesmal genug.« Der blasse Theresianist atmete auf.

Herr Ammerland fixierte Gabriele, die sich, um rasch abzulenken, in die Statuette vertiefte. Herr Ammerland trat dem Bildwerk näher. »Sie wissen wohl, ein früher Donatello?« fragte er. »Ich wusste es nicht«, bekannte sie. Aber eifrig dozierte er schon, Namen und Jahreszahlen nennend. »Sein erster David. Spröder als der zweite, der berühmte, das nackte Prinzchen mit den Ärmchen, die nie einen Unhold überwältigt haben. Vermessen den Brustkasten einziehend, steht er da. Denn die Jugend in ihrem Trotz ist sieghaft, die Jugend erringt alle Ehren, alle Kränze.«

Er hatte, Gabriele spürte es, die Trunkenheit des Wortes, die, um Beifall werbend, es missbraucht. »Waren Sie im Tasso? Wie konnten Sie, Baronesse, Kainz[84]

[84] Josef Kainz (1858–1910), österreichischer Schauspieler, von 1883–99 mit kurzer Unterbrechung am Deutschen Theater in Berlin, wo Wiegler ihn regelmäßig sah und als Theaterkritiker würdigte, danach am Wiener Burgtheater. 1941 erschien Wieglers Monographie »Josef Kainz. Ein Genius in seinen Verwandlungen«.

versäumen, den unvergleichlichen Kainz, den Eroberer des Burgtheaters?« Gabriele hatte den Künstler nur im Carltheater gesehen, wo er, mit Girardi als Partner, in einem Gelegenheitsstück, dem »Vetter aus Salzburg«, den Mozart gab. »Kainz, der Achtundvierzigjährige, schreitet jugendlich stolz wie der David, mit denselben Hüften die Stufen im Palast von Ferrara herab. Er ist die steile Flamme, der Sturmadler am Himmel von Österreich.« Und hektisch entzündete Herr Ammerland sich an einer Ausdeutung des winterlichen Geschehens seit dem Blutbad auf der Ringstrasse. Er schilderte ihr, was sie nur ahnte: wie die Sozialisten die Elektrischen umlagert und zum Entgleisen gebracht hätten, wie die Polizei sie überrannt habe, wie Verwundete und Tote auf das gerötete Pflaster sanken. »Es war, Baronesse, auf einen Tag die Revolution.« Gabriele dachte an das Kettenrasseln und den Gefangenenchor und an die schmetternden Hörner.

Planegg hatte, von niemandem bemerkt, die Tür aufgeklinkt. Er musste, ohne es zu wollen, Zeuge dieser Begegnung mit einem Hauslehrer geworden sein. Höflich bedankte er sich bei Herrn Ammerland, dessen kurzes Gastspiel in der Maxingstrasse so am Ende war.

Am Dienstag nach Ostern, abends um neun Uhr, reiste Gabriele im Zug Wien – Triest vom Südbahnhof ab. Das war das Ergebnis von Briefen, die der Baron mit Frau Stoder in Görz, der Hauswirtin seiner Schwester, getauscht hatte. Seit Wochen schwieg die Tante Valerie. Sie war nach dem Bericht ihres Arztes, des Doktors Volpich, nierenkrank gewesen. Aber nichts erklärte, dass sie so völlig stumm blieb. Nur durch ein Telegramm hatte sie jetzt den ihr angemeldeten Besuch ihrer Nichte, die sie nach dem Tode des kleinen Theodor kaum mehr gesehen hatte, gebilligt. So übernahm es Gabriele, die Eltern, die sich um das alte Fräulein sorgten, zu beruhigen. »Und jeden Tag schreiben!« rief der Papa ihr nach, als die Waggons mit einem kreischenden Ruck der Bremsen die Hallen verliessen.

Um vier Uhr passierte der Zug das noch schlafende Klagenfurt und den Wörthersee, zwei Stunden später erblickte Gabriele in seiner Talschlucht den blaugrünen Isonzo. Zwischen Pflanzungen von Zypressen, Pfirsichen und Mandelbäumen rauschte er auf seinem Kalkbett mit opalisierenden Wellen dahin. Unter Bergklippen lag Tolmein[85], lag über Obstangern und Eichenhainen die Ruine, von der, wie in Kupce ein Kaplan erzählte, Dante bis zu einer Grotte im Graben von Čadra vorgedrungen sein sollte. Bei Casale schatteten Maulbeerbäume, und der Turm jenseits der in doppeltem Bogen gespannten Isonzobrücke war ein ganz italienischer Campanile. Aber schon ragte hinter Slava der düstere Karst.

In Görz lief eine dicke Frau, krebsrot vor Hitze, in bäurisch bestickter Bluse, den Zug entlang. Nach dem brieflichen Signalement, das sie von sich selbst geliefert hatte, war die Stoder nicht zu verkennen. Sie half Gabriele über den steinigen Perron hinweg, küsste sie und entfaltete eine betäubende Geschwätzigkeit, in einem Gemisch von Deutsch und Slovenisch. Vor dem Zaun um den Bahnhof harrte ein Landauer mit einem von Gicht gekrümmten Kutscher. Er hob die Koffer hinauf und trieb schnalzend das Pferd zu gemächlichem Trott an. Unweit der Vorhügel von Monte Sabotino und Monte

---

[85] Tolmin (Slowenien).

Santo grenzte an die Landstrasse, die nach Norden führte, die Villa Quisisana. Vor zehn Jahren hatte die Stoder, Witwe eines Spinnereidirektors in Strazig, sie gekauft. Weingärten und Olivenhöfe umrandeten die Gebäude.

Die Tante Valerie bewohnte das Erdgeschoss der Dependance mit den brüchigen Jalousien. Sie ging Gabriele bis zur Pergola entgegen, Sonnenlicht auf dem nachgefärbten Haar, in einem Jakett von gelber Bastseide. Wem ähnelte sie? Diese gewölbte Stirn, diese umschleierten Augen erinnerten Gabriele an oft Gesehenes. Plötzlich wurde ihr gewiss: es war das Porträt des Urgrossvaters im Musiksalon der Planegg, sein Ausdruck von Eigensinn und Menschenscheu. Stutzend und entzückt hiess Tante Valerie die Nichte willkommen, zeigte ihr die in grünen Ranken versteckte Mansarde, die für sie hergerichtet war, und bewirtete sie. Die Spuren ihres Leidens waren deutlich. Aber wenn sie mit einem Rest von natürlicher Fröhlichkeit lächelte, glich sie ein wenig dem Papa.

Zu Gabriele sagte sie: »Eine Woche mindestens musst du dich um die alte Tante kümmern. Sieh nur um dich, es ist ein Paradies.« Das Sonnengold verzauberte die Landschaft von den Dolinen da droben bis zu den Myrten und Kamelien um die Veranda. Ein halbwüchsiges Mädchen, die schwarzlockige Clelia, tischte im Gartensaal, der nicht unterkellert war, und dessen Wände Salpeter schwitzten, ihnen ein bescheidenes Essen auf.

»Gehen wir eine Viertelstunde weit«, schlug die Tante vor. »Im Freien ist's nicht so schwül wie hier drinnen.« Sanft wehte ein Wind durch die Büsche. »Wie du dich herausgemacht hast!« sagte Tante Valerie. »Ich war ja so überrascht.« Sie fragte sie aus, und die Begierde, mit der sie sich erkundigte, verriet, dass ihr einstiger Zusammenhang mit der Familie nicht aufgehört hatte. Mitten im Fragen indes brach sie zuweilen ab. Das war eine Hemmung, die sie nicht los wurde, ein Geheimnis, vor dessen Preisgabe sie sich ängstigte, eine seelische Wunde, die sie verhehlte, bedrohlich und vielleicht schon unheilbar.

»Ich war lange nicht mehr draussen«, sagte sie. Als wären diese Szenen ihr neu, beobachtete sie mit Gabriele arme, zerlumpte Kinder, die um eine Zisterne lungerten oder Kugeln gegen eine Boccia schossen. Sie betraten mehrere der niedrigen Häuser. Das Volksgewerbe in diesen Ortschaften war die Zucht der Seidenraupe, ihre Ernährung mit Maulbeerblättern, die Aufschüttung von Reisig und Stroh, das Dörren der Kokons, um die Schmetterlinge abzutöten. Bald wurde der Schritt der Tante schleppend, ihr Blick seltsam stumpf. An den Meilensteinen sangen ungestüm die Zikaden.

Im Gartensaal trug das Mädchen Clelia zur Jause Ziegenmilch auf. Gegen halb acht Uhr erschien Frau Stoder mit ihren zwei Stieftöchtern, Lucia, die Lehrerin in Görz war, und der Musikschülerin Anita. Gemeinsam waren ihnen die Korpulenz und das quecksilberne Gezappel. Sie sagten, dass sie beglückt seien, eine junge Dame aus der grossen Wiener Gesellschaft – so beteuerten sie voller Überschwang – in der Villa Quisisana zu sehen. »Es kommt Kapitän Maglitsch«, teilte Tante Valerie mit, so förmlich, als spräche sie diesen Namen nur für die Eingeweihten aus.

Lucia und Anita rückten noch an dem Stuhl vor einem leeren Platz, als ein Mann in der Tür stand, kräftig bis zur Brutalität, mit hervorquellenden Augen, das eisgraue Haar aus der Stirn gebürstet. Er hatte einen schallenden Bass. Sofort wetteiferten die Schwestern Stoder um seine Gunst. Er sprang mit ihrer Stiefmutter um, als hätte sie ihm sklavisch zu gehorchen. Gabriele staunte, wie ungeniert er auch die Tante Valerie anredete, deren Lider vor Nervosität flatterten. »Rindfleisch«, schmunzelte er, um dann einen beharrlichen Heisshunger zu entwickeln. Der Oger, dachte Gabriele und besann sich auf den Menschenfresser des Märchens, auf eine Lektion der Drouet.

Nach einem angebrannten Apfelstrudel und zwei Litern schalen Biers verbreitete sich der Kapitän Bogdan Maglitsch über das Istrien ferner Jahre und, obwohl er aus der Handelsmarine hervorgegangen war, über den Kriegshafen Pola[86]. Der Oger hatte Geist, unbedingt, einen zynischen Geist, und die Fähigkeit, in rohem Umriss zu veranschaulichen. »In der Kadettenmesse auf unsrer Brigg«, sagte er, »war es finster als wie im Backofen. Wenn die Bora die Adria peitschte, mussten wir das Deck waschen. In den Hängematten, in denen wir schliefen, hatten wir uns gegen die Ratten zu wehren. Sie scheuchten uns aus dem Schlummer, die Bestien, und mit unsren Dolchen stachen wir sie nieder.« Er malte die alte Stadt, in der neben den Trümmern von Amphitheater und Augustustempel die Maultiere das Distelgebüsch abweideten. »In den kotigen Gassen lauerten Dirnen auf uns und Wucherer. Grausam war der Drill. Zur Rache jagten wir mit dem Geschrei einer Eselshorde am Strand umher und schmissen die Fenster ein. Dann kam die Kreuzfahrt an der Küste, bis Valona[87] hinab, über das blaue Meer, zwi-

---

[86] Das heute zu Kroatien gehörende Pula an der Südspitze der Halbinsel Istrien.
[87] Italienischer Name der südalbanischen Hafenstadt Vlora.

schen dem Inselgewirr. Und dann im Hydrographischen Institut in Triest die Offiziersprüfung.« Einen besonderen Spass hatte Maglitsch und seinen Kameraden auf einsamen Stationen die Korrespondenz poste restante, unter Chiffren wie Marietta oder etwa Zuckergoscherl, bereitet. »Das hat uns, Sie verstehen schon, meine Gnädigen, für den Mangel an Frauen schadlos gehalten.« Er buhlte um Applaus. Die Stoder und die Schwestern spendeten ihn in lärmender Heiterkeit, indes Tante Valerie den Mund verkniff. Nach Mitternacht empfahlen sich der Kapitän und die Frauen, und Gabriele begab sich in die Dachstube, deren Schwelle der Mond überflutete.

An den beiden nächsten Tagen schlenderte sie durch die Strassen zum Domplatz. Zum Dom, in dessen Dämmerluft sie die Assunta von Tintoretto betrachteten, zu dem plumpen, von Weibern mit Säuglingen an den Brüsten besetzten Gemäuer des Kastells. Oder sie erkletterte Bergpfade, auf denen sie niemanden traf, und starrte in die Grossartigkeit des Himmels und der wechselnden Wolkengebilde. Am vierten Tag regnete es. Die Tante Valerie zögerte mit einer Enthüllung, die ihr offenbar schwer wurde. »Ich hatte für heute abend«, sagte sie schliesslich, »zu einer Séance eingeladen.« Jetzt begriff Gabriele, warum die theosophischen Bücher und Hefte auf ihrem Schreibpult geschichtet waren. Zwischen Militärliteratur vom Grossvater her, Tabellen, Croquis einer Zukunftsschlacht in Wolhynien oder Podolien, Entwürfen desselben Generals Planegg, den die ernüchternde Wirklichkeit an strategischen Leistungen gehindert hatte, und der so ein grämlicher Sieger in der Illusion geworden war, hatten sich okkultistische Photos verirrt und Ausschnitte aus illustrierten, meist englischen Journalen, in ein Album geklebt.

Der Regen plätscherte in zäh rinnenden Tropfen. Unter Schirmen nahten die gebetenen Gäste, der Doktor Volpich aus der Via dell'Arcivescovado, der Apotheker Danen mit seiner dürren Gattin, der Wirt des Restaurants Bella Vista, Herr Weidling, mit der seinen und zuletzt mit den Stoders der Kapitän. Der Arzt, der in Görz angezweifelt wurde, hatte die Blavatsky[88] gelesen und schwor auf Isis, das Karma und die Söhne Gottes. Der Apotheker galt als Original, als die Neuigkeitskrämerin der Stadt seine Gemahlin. Der Restaurateur war bis in die Bartspitzen vom selben schnüffelnden Maustyp. Frau Stoder und Lucia hatten weisse Kleider, Anita strauchelte in schwarzem Gewand. Gabriele musste abtasten, wie ihr in der vom Korsett befreiten Brust das Herz hüpfte.

Rotlicht beglänzte den Billardsaal der Villa, eine schwarze Portiere, die die Ofenecke abtrennte, einen runden Tisch und vergoldete Rohrsessel. Die Séance begann; und so wenig Gabriele von diesen Schaustellungen gewusst hatte, sie verstand, nicht Frau Stoder, die mit Erläuterungen vorgriff, sondern der Kapitän hatte in Wahrheit die Regie. Fräulein Anita sass und entzifferte, mit quäkendem Kindersopran in ärarischem[89] Hochdeutsch die Worte hervorstossend, Postkarten in blauen Hanfkuverts, oder sie sagte, was einer der Gäste in der Hand hatte, ein Messer, eine Berloque[90], einen Schlüssel. Zischelnd rühmte der Kapitän, wie sie neulich mit

---

[88] Helena Petrovna Blavatsky (1831–1891), einflussreiche russlanddeutsche Okkultistin.
[89] Alte, heute ungebräuchliche Bezeichnung für das Vermögen eines Staates oder einer Körperschaft, manchmal auch – wie hier – im Sinne von volkseigen bzw. volkstümlich gebraucht.
[90] Wohl fälschlich für breloque: kleines Schmuckstück, Tand.

Sekundengenauigkeit beschrieben habe, dass er auf einem Rad über die Piazza della Ginastica fuhr, vor sich eine angesteckte Azetylenlaterne. Als einen blendenden Fleck, der sich unter Geklingel vorwärtsschob, hatte sie die Laterne gefühlt. Aber schon las Fräulein Anita aus dem Brief eines Verstorbenen, den der Major ihr zwischen die Finger presste, einem verspätet eingetroffenen Brief seines Neffen, eines Ingenieurs, der in den Dolomiten abgestürzt war, dessen ihm von jeher vorbehaltene Todesart. Die Tante Valerie hörte zu, bleich im Rotlicht. Dann verschwand Fräulein Stoder hinter der Portiere. Aller Hände berührten die Tischplatte, die schwankte und kreiste.

Es klopfte in den Querbalken des Tischs, in der Wand zum Bücherzimmer und, so schien es, auch im Plafond. Die Hände verschränkten sich zur magischen Kette. Eine Gitarre tönte von selbst. Fräulein Anita wimmerte, ein Geist manifestiere sich ihr, von dem Nordpolkälte ausströme, der Geist Irene. Sie sagte, oder Irene hauchte es, auf dem Tisch liege eine Rose, die jetzt aufspriessen werde. Die Rose wirbelte über die Platte. Ihr Kelch entfaltete sich und schrumpfte mit dem Rascheln von Löschpapier wieder ein. Das Medium oder Irene stöhnte, es werde prophezeien; und der Mund der Tante Valerie bewegte sich zu einer Frage. Aber die Gattin des Restaurateurs schrie, an ihrer Wade sei eine Gespensterhand. Die Kette war gerissen und mit ihr der Glühfaden des Rotlichts. Grelles, normales Licht verdrängte es. Der Kapitän fluchte, über die Störung entrüstet, wie ein Hafenarbeiter, bis er, wenn auch schnell, notdürftig sich zurückfand. Frau Stoder eilte hinter die Gardinen zu Fräulein Anita, die zerzupft aus der Trance erwachte. Die dürre

Apothekerin stöhnte, das Gespenst müsse die Gräfin gewesen sein, die mit sieben heulenden Hunden droben im Görzer Kastell spuke. Sie raunte, indes alles erregt auseinanderging, Gabriele zu: »Die Stoder ist die Geliebte des Kapitäns und war Hebamme, bevor sie den Fabrikanten, einen Witwer, einfing. Geben Sie acht auf Ihre Tante! Sie ist wehrlos gegen Maglitsch und hat für ihn gebürgt. Er wird sie noch ganz zu Grunde richten.« Die Tante Valerie lehnte an der Billardtafel und bebte an allen Gliedern, indes der Kapitän, über das grüne Tuch geneigt, zwei Bälle hart karambolieren liess. Er erklärte, er verzichte auf Wiederholungen von Experimenten in diesem Kreise, der unwürdig sei, reckte sich in seiner wetterfesten Massivität und trank am Buffet, dem Alkoholverbot der Blavatsky trotzend, aus einem Henkelglas Cinzano.

Die Tante Valerie, wirr und traurig, mied am Vormittag danach Gespräche mit ihrer Nichte. Jedoch es war Donnerstag, und am Samstag sollte Gabriele abreisen. Deshalb bat sie sie noch zu einem Ausflug nach dem Franziskanerkloster Castagnovizza. Sie nahmen nicht den Landauer, sondern einen in der Remise des Fuhrwerkbesitzers Marian bestellten Lohnwagen mit einem einzigen Pferd, das links der Deichsel ging. Es war zu schwach, um seine Last durch das Weingelände in den hochgelegenen Ort hinaufzuziehen; und so stiegen sie vor einer schroffen Gasse mit schreiend buntscheckigen Hütten wieder aus. Die niedergehende Sonne zauderte am Horizont und glühte im Laub der Kastanienbäume. Alte Weiber beteten hier am Kalvarienberg, dessen Häuschen an der Klosterkirche endeten. Seine Glocke warf ihre Mahnung in das Gesumm der Orgel und des Mönchsgesangs.

Ein junger Franziskaner führte die Tante und Gabriele durch die Tür und über die Stufen in eine Halle mit Barren an den drei Fenstern; davor dehnte sich das fruchtbare Tal. Ein schmiedeeisernes Gitter, Mauern, die der Mönch mit einer stinkenden Öllampe erhellte. Diese Katakomben waren die Gruft der vertrauten Bourbonen aus dem Schlosse Grafenberg, Karls des Zehnten, des Herzogs und der Herzogin von Angoulême, des Grafen und der Gräfin Chambord. »C X, L XIX, H V«, so waren die Gräber bezeichnet, und das Wappenschild über dem Tor der Gruftkapelle wies das Emblem der Lilien auf. Es fröstelte Gabriele in dieser Dumpfheit. Inmitten der Rebengehänge des Klostergartens pflückte der Franziskaner eine Kreuzblume und gab sie der Tante. »Passionsblume«, säuselte er in seinem Deutschitalienisch. »Es ist fast eine«, sagte sie wehmütig auf einer Bank im Gezweig, »aber die echten wuchern nicht so im Unkraut.«

Mit ihrem Schirm kratzte sie Furchen in die graue Erde. Vorsichtig sprach sie dann über die Séance, die Stoder und mit Bitterkeit über den Kapitän. »Ich habe ihm vertraut«, sagte sie mühsam, »oder nein, ich hab einmal geglaubt ihn zu lieben. Noch immer bin ich ihm untertan. Oh, ich bin ja nicht blind oder närrisch, es war ruchlos, wie er das ausgenutzt hat. Er hat mich veranlasst, für allerhand Projekte von ihm, Brutöfen für die Seidenraupen, eine Puterfarm, ein Fremdenverkehrsbüro, nach und nach fünfzehntausend Kronen herzugeben und noch eine Bürgschaft von achttausend zu unterschreiben. Ich bin durch ihn zu Entbehrungen gezwungen, und gleichgültig sieht er das. Er fälscht auch sicher die Geisterstimmen, um seinen Willen zu suggerieren. Aber ich würde sterben an einem Skandal. Und es ist dennoch etwas

Grosses, das Überirdische.« Sie erstickte einen Seufzer. Greisenhaft, mit dickem Aderngeflecht, war ihr Schädel. Lindenblüten segelten, als wären sie gefiedert, durch den zwischen Sonne und Nacht lau dahinwallenden Mond.

Der Arzt Doktor Reingruber hatte die Praxis eines Landarztes. Aber er war, weil seine Nummer auf der Planegg wohlbekannt war, wieder gerufen worden. Er hatte Gabriele geholfen, über eine Pneumonie hinwegzukommen. Die Ursache war, dass sie von Bruck ab in einem Kupee mit gebrochenem Fenster gelegen und, da das Klirren der locker sitzenden Scherben ihr die Ruhe nahm, es in die weite stürmische Nacht hinaus geöffnet hatte. Schneidend kalt war die Luft in sie eingedrungen. So bot sie sich ihr dar, bis in Gloggnitz der Schaffner der Reisenden die Unvorsichtigkeit verwies und die Gardinen mit den Lederriemen verknotete. Sie wusste, das war wieder eine romantische Torheit wie zur Zeit des »Jeune homme pauvre«[91]. Vielleicht wollte sie es dem kleinen Mädchen in einem gelben Band nachtun, den sie der Drouet damals entwendet hatte, ach ja, von Zola. Das kleine Mädchen hatte sich die Lungenentzündung mit Fleiss geholt, aus Eifersucht den Tod gewählt. Es war schwierig, das Leben der Erwachsenen nachzuleben. Der Doktor Reingruber, die Bäder und Packungen und mehr noch die Hausmittel der Köchin Marie hatten die Gefahr beseitigt. In der dritten Woche brachten die Eltern Gabriele nach Wien.

Sie hatte dem Vater über Görz berichtet, und erschrocken hatte er dem Notar Woger Vollmacht erteilt, die

[91] Siehe Anmerkung 12.

Bürgschaft seiner Schwester so zu regeln, dass diesem Herrn Maglitsch eine neue Behelligung der Unkundigen nicht möglich war. Hinfort musste Gabriele sich schonen. Meist hielt sie sich im Garten auf, in Gesellschaft von Fräulein Veit, die seit Ostern mit dem Akzessisten[92] Woltawa verlobt war und demnächst ausschied. Sie sass, durch die Taxushecke gegen die Maxingstrasse geschützt, hinter dem verschnörkelten Gitter. Der Gärtner Alois, ein Natursänger[93] von Sievering, der bei der Schrammlmusik einer Buschenschenke mitwirkte und manchmal, seine Schlager probend, vor sich hinsummte, hatte Komposterde und Torfmull herbeigetragen und säete die Samen von Sommerastern, Reseden und Levkojen aus.

Gabriele las, stickte und träumte. Sie sah Gustl mit seinem neuen Hauslehrer, der den Studenten Robert Ammerland ersetzt hatte, dem Kandidaten Marek über die Freitreppe gehen und befragte ihn stets einige Minuten nach seiner trüben Haft im Theresianum. An Herrn Ammerland dachte sie ab und zu. Er hatte, als sie von Kärnten kam, ihr lachsrote Tulpen geschickt, mit einer Karte: »Der Rekonvaleszentin«. Die Blumen waren unfrisch, wie von Räude benagt. Er habe des Sonntags wegen am Gürtel keine anderen auftreiben können, alle Läden und Buden seien gesperrt gewesen, so hatte er sich entschuldigen lassen. Herr Marek, mit dem er von einer Mensa her in Verbindung war, hatte sein Bedauern übermittelt.

[92] Anwärter für den Gerichts- und Verwaltungsdienst.
[93] Im Sprachgebrauch der Epoche ein ohne Konzession und Anstellung auftretender Sänger, im Unterschied zum sogenannten Volkssänger.

Es fehlten Briefe von Alice Tuma, die Gabriele inständig erwartete. Sie glaubte an eine Verschärfung der Klausur.

Der erste Mai war der Tag der Praterfahrt; und der Vater überraschte sie mit dem Freudengeschenk zu ihrem Geburtstag am vierten, dass sie ihn im Dogcart begleiten durfte. In der Praterstrasse hatte er bei einem Pferdehändler den Wagen und einen Groom dazu gemietet. Die Sonne glänzte durch die Wipfel der Hauptallee, die Kapellen der drei Kaffeehäuser spielten, es hallte vom Konstantinshügel. Karossen, Daumont-Gespanne mit Jockeis als Stangenreitern, Phaëtons und Viererzüge: das grosse Sausen zwischen Schwarzenbergplatz und Lusthaus begann. An den geharkten Wegen scharten sich, die Livreen und Allongeperücken der Lakaien und die gemalten Wappen musternd, Zehntausende. Planegg fuhr bald der stilleren Krieau zu, wo Amseln flöteten und Pirole. In der Meierei kehrten sie ein. Hellgrün blinkten unter den linnenen Decken die Tischpfosten, die Kipfel dufteten, die Milch labte, weissgoldener Frühling war in der Welt. Aber nicht fern davon, unter einer Eiche, balgten sich junge Arbeitslose in schmutzigen, zerknitterten Kleidern, Pülcher[94], wie sie im Volk hiessen, und randalierten. Ein gellender Pfiff, die Polizei nahte, sie verkrochen sich im Dickicht.

Es wurde beschlossen, dass Gabriele sich an Kursen beteiligen solle, die eine Engländerin gab, Dienstags und Freitags an den Spätnachmittagen. Die rotblonde Miss Lewes sprach nach der Meinung von Mama ein untadeliges Oxford-Englisch. Sie, die Tochter eines grossen Londoner Anwalts, der dann als Mitglied des Oberhau-

---

[94] Strolche.

ses Lord wurde, hätte seinen Reichtum geerbt, wäre sie nicht, sich auf eigene Füsse stellend, nach dem Gouvernantenexamen auf den Kontinent übergesiedelt. Sie wohnte in der Gumpendorfer Strasse, beim Apollotheater, und hatte einen Zyklus »Woman and love« angesagt. Meist fuhr Gabriele in der Tram über die Mariahilferstrasse. An einem Maiabend beugte sie sich vor dem Haydndenkmal hinaus, vom Anprall der Menge betäubt, da zuckte sie zusammen. Über das Pflaster ging, oder täuschte sie ihr Blick? Alice, nicht in strenger Tracht wie bei den Salesianerinnen, sondern in ihrem blauen, einfachen Kostüm mit blauem Veilchenhut, am Arm eines Leutnants vom Infanterieregiment Nummer vier, dessen Gesicht, schmal unter schief gerückter Kappe, in seiner pagenhaften Hingabe sich ihr seltsam deutlich einprägte. Die Gestalten entschwanden im Zwielicht, als verberge sie eine Nebelwand. Alice[95] wollte abspringen, ein Lieferwagen, der die Tram blockierte, hinderte sie daran.

Am Morgen darauf läutete sie im Kloster. Sie bat die Pförtnerin, sie zu der Mère Lentretien zu führen. Von ihr hörte sie die schlimme Wahrheit: das Fräulein Tuma von Siegeswald hatte das Haus heimlich verlassen. Sie war den Einflüsterungen der Lust gefolgt, ihr Name gelöscht aus den Registern der Elevinnen. Die Mère Lentretien beklagte sie, aber sie galt ihrem Herzen als tot. Gabriele forschte unter allen Adressen nach, die der kleine Lebenskreis des Flüchtlings umfasste: nirgends ein Anzeichen, wohin sie sich gewandt haben könnte. Am fünften Nachmittag begegnete sie am Rathauspark der Kutsche des Bürgermeisters von Wien. Die Pferde scheuten. Ein

---

[95] Offenbar irrtümlich für Gabriele.

Wachmann mit spitzem Helm, das Ringschild von Silberblech vor der Brust, stark wie der Christophorus des Bauernkalenders, riss Gabriele auf einen Inselperron hinauf. Plötzlich sah sie neben sich den Leutnant mit den Pagenschultern und dem Knabenblick. Sie zweifelte nicht eine Sekunde, dass er es war. Aber sie verlor ihn jenseits des Schottentors, in der Wipplingerstrasse. Sicher war die rote Rossauer Kaserne mit den grauen Türmen sein Ziel. Und wieder an einem Abend mit weichem Südwind stiess sie in der Walfischgasse auf ihn und Alice. Sie hatten sich getroffen wie Liebesleute und schritten auf eine Bar zu, laut redend, als wären sie entzweit, er in beschwörendem Ton, sie in Abwehr, mit Angst in den Augen. Am ersten Sonntag im Juni fand die Poldi in einem Blatt für die Greisler und die Frauen des Naschmarkts eine Notiz, von der sie Gabriele erzählte. Betitelt war die Meldung: Romeo und Julia in Nussdorf. Eine junge Dame aus einer Familie des Militäradels und ein Offizier des Deutschmeisterregiments, Anton L., so sagten die wenigen Zeilen, hätten in einer Herberge an der Heiligenstädter Strasse gemeinsam Selbstmord begangen. In dem ländlichen Hotel unter dem Bockkeller hätten sie zuvor genächtigt. Die Dame sei die Tochter des Obersten T. von S. von den Trani-Ulanen, einst dekoriert wegen seines kühnen Kampfs gegen die Bersaglieri-Karrees bei Custozza[96]. Gabriele erkrankte, heftiger als im Frühling. Sie hatte wie als Zehnjährige einen Blutsturz.

[96] Schauplatz zweier Schlachten zwischen Österreich und Sardinien-Piemont (25. Juli 1848) bzw. Österreich und Italien (24. Juni 1866). Die Trani-Ulanen wurden bei der zweiten Schlacht eingesetzt.

Bis Anfang August war sie Patientin des Rudolfinerhauses[97]. Dann gab der Spruch des Primarius, der ihr wie einem Kind die Wangen tätschelte, sie zu einer Nachkur im Salzkammergut frei.

[97] Krankenhaus im Wiener Gemeindebezirk Döbling.

III

Noch einmal hatte sie sich zu erholen, auf einer Sommerreise zu vier, ganz in der Familie. Ohne die in Sankt Karl Borromäus in Lainz vorgestern getraute Hermine Woltawa, ohne den Hauslehrer, ohne die Zofe. Es ging nach Gmunden, wo die Eltern seit Jahren nicht gewesen waren. Bei bewölktem Himmel überquerte die Bahn die Traun und den Rettenbach. Es war schwül, und dennoch hüstelte Gabriele vor sich hin. Der Papa zog sie an sich und nannte ihr und dem von Ferienungeduld erregten Gustl die Blöcke im Fluss, den Kohlenstein und den Kreuzstein, das Traunweissbachtal und den Steinkogel. Blau, mit grünen Fahnen dehnte sich, nur hin und wieder durch Tunnels entrückt, vor den Gleisen der Traunsee. Gabriele empfand die Erhabenheit der Naturkulisse, nicht in frohem Schauen wie sonst, schmerzhaft mitunter und von schweifenden Gedanken beirrt.

Die Lokomotive schnaubte und verstummte. Die Menschen sammelten sich. Voran in doppelter Staffel die Portiers der Gmundener Hotels, mit goldenen Borten an den Mützen. Alle Gesichter lachten oder schienen zu lachen, die mit Stöcken und Eispickeln bewaffneten Hochtouristen, die weiblichen Gäste in ihren bunten Dirndln. Eine Gruppe junger Mädchen scherzte mit andern, die vor der Trafik ein Wägelchen mit zwei Ponies überfüllten. Keine von ihnen entsprach dem Bild Alices, das Gabriele unwissentlich suchte. Wie aus dem Grab heraus hatte sie noch einen letzten Brief der Freundin erhalten. Aufgegeben war er bei einem Postamt in Nussdorf, an einer Strassenecke vor der Kurve der Elektrischen zum Zahnradbahnhof, da wo der naiv bemalte Nepomuk zerbröckelte. »Toni«, so schrieb Alice, »hat in einer Duellaffäre eine Verwicklung, die seine Ehre antastet. Auch sind die Widerstände gegen unsre Heirat unüberwindlich. So werden wir den Tod von Mayerling sterben.« Die gramvolle Stimme von drüben schwieg auch in der von Lerchentrillern durchjubelten Landschaft nicht.

Das Hotel Central: wieder ein Matschakerhof, mit einem Empfangschef, der in gutgeschnittenem Rock, zu Bücklingen bereit hervortrat, mit einer Table d'hôte, deren Servicegeklapper man nur meiden konnte, wenn man unter Tariferhöhung im Zimmer ass, mit gedämpfter Musik aus teppichbelegten Räumen, mit verschossenen Gobelins und unechten Delfter Tassen und erlogenen Freundschaften, die das Ungefähr schuf und das Ungefähr trennte. Die Stunden beherrschte die dosierte und in die Form des geschäftigen Müssiggangs hineingezwungene Langeweile. Aber Gabriele war an den äusseren Rand dieser flanierenden Menschheit gedrängt. Sie musste Tag für Tag ihren Pflichten nachkommen, den Vorschriften des Doktors Guggenheim, auf dessen Namen der verschlossene Brief des Wiener Primarius gelautet hatte, und Eispillen in der Mundhöhle oder Kochsalz, aus Teelöffeln geschlürft, mahnten sie, dass sie noch immer in strenger Behandlung war. Dann indes wurde das Regime, dem der Badearzt sie unterwarf, milder. Er erliess ihr den Verband um Brust und Hüfte, die Eispillen, das Kochsalz, sie durfte die Solbäder gebrauchen, in deren perlendes Brodeln die Wärterin Fritzi jeden Morgen fünf Minuten vor acht Uhr das Mutterlaugensalz schüttete. Im September war auch das überstanden. Am ersten Sonntag bezog Gabriele ihren Sitz an der Hoteltafel, eine normale junge Frau von siebzehneinhalb Jahren, mit Schwingungen von Wehmut, sobald sie sich vergass, im Blick.

Vom Balkon aus hatte sie zum Cumberlandpark hinübergesehen. Nun rastete sie unter den alten Bäumen, am Seerosenteich zwischen den Hügeln, genoss sie den Museumsfrieden um das ockergelbe normannische Schloss[98], das mit seinen verödeten Auffahrten so gespenstisch dalag wie das andere, das Backsteinpalais des Herzogs von Württemberg. Die Buchen waren feierliche Kathedralen von Laub. Die bemoosten Felsen schichteten sich zu halbdunklen Grotten. Die stachligen Hüllen der Kastanien platzten auf den Rasen nieder, wie gedrechseltes Spielzeug entquollen ihnen die fetten Früchte. Auf einer Wiese leuchteten mattlila, zwischen den Lanzenblättern, die Herbstzeitlosen. Man besichtigte, durch die Neugier Gustls angetrieben, Land- und Seeschloss Orth, den Hof mit dem gläsernen Photoatelier des verfemten Erzherzogs[99] und die Säle, die er,

---

[98] Schloss Cumberland, Exilwohnsitz des Königs von Hannover und seiner Familie, dessen mit Österreich verbundenes Land infolge des Deutschen Krieges 1866 an Preußen gefallen war.

[99] Johann Salvator von Österreich-Toskana (1852–1890?) beendete 1887 seine militärische Laufbahn, legte später alle Titel ab und nannte sich nach seinem Schloss in Gmunden Johann Orth. 1889 bat er um Entlassung aus dem Kaiserhaus und durfte Österreich-Ungarn danach nicht mehr betreten. Nach Erwerb eines Kapitänspatents machte er sich mit seinem Schiff »Santa Margareta« und einer Ladung Fracht auf den Weg von London ins chilenische Valparaiso. Mit an Bord waren seine Lebensgefährtin, die Tänzerin Ludmilla Strubel, und eine zwanzigköpfige Besatzung. Wahrscheinlich sank das Schiff im Sturm, die Gerüchte wollten jedoch nicht verstummen, dass er

der fliegende Holländer der »Santa Margherita«, vor seinem Aufbruch bewohnte, das Gemisch von Plunder und Tombak[100]. Planegg hatte Johann Orth gekannt und mehr noch Ludwig Salvator[101], dessen Bruder, den Einsiedler auf Mallorca, und ihn auf seiner Insel besucht. »Über einem Bergpass liegt die Hospederia de Miramar. Achtzehn Betten hat das Wirtshaus, jeder Gast wird drei Tage und drei Nächte umsonst aufgenommen. Mit einer weissen Schifferkappe geht er, barfuss oder auf Alpargatas, Sandalen, und, wenn er Schuhe tragen muss, zerfetzt er mit dem Messer das Oberleder, dass sie ihn nicht drücken. Seinen Regenschirm wickelt er sich mit Spagat[102] zusammen.« Ein Kuckuck schrie. »Er ist ein sonderbarer Heiliger, drum lieb' ich ihn«, lächelte Planegg und reichte Gabriele, die neben ihm auf einer morschen Bank sass, um sie zu stützen, die Hand.

Das Wetter verschlechterte sich. Die Kurmusik blies und geigte unverdrossen an der Esplanade oder im Stadt-

noch am Leben sei (worauf Wiegler mit seinem Wort vom »fliegenden Holländer« anspielt). 1911 wurde er für tot erklärt.

[100] Messingsorte mit hohem Kupferanteil, oft für Schmuck und Dekorationsgegenstände verwendet.

[101] Ludwig Salvator von Österreich-Toskana (1847–1915) ließ sich nach vielen Reisen auf Mallorca nieder, wo er das Schloss Son Marroig bewohnte und zahlreiche wissenschaftliche Werke über die Mittelmeerländer verfasste, besonders über die Balearen. Die von Wiegler erwähnte nahegelegene Hospederia de Miramar diente als Gästehaus. Wie sein jüngerer Bruder Johann hatte er ein Kapitänspatent und besaß ein Schiff, die Dampfsegelyacht »Nixe«. Jules Verne porträtierte ihn als Mathias Sandorf in dem gleichnamigen Roman, wo er pikanterweise einen adligen ungarischen Revolutionär verkörpert.

[102] Bindfaden, Küchengarn.

park. Die Bruten der Stare flatterten umher. Erdwespen und Hornissen schlüpften in ihre Nester. Die Schwäne des Sees rauschten nicht mehr zischend gegen Feinde, ihren Jungen voraus; und die Jungen, die mit einem Fuss ruderten und mit den Schnäbeln gründelten wie sie, hatten im bräunlichgrauen Kleid Flocken von weissem Flaum. Die Wochen in Gmunden waren vorüber. Gastein sollte für rheumatische Beschwerden der Baronin das Heilbad sein.

Dicht neben dem Austria dröhnte, eine Riesenorgel, der Wasserfall. Gabriele lauschte seinem Donnern mitten im Sternglanz der Nacht. Es war die ewige Alpenmelodie, unter ihrer Gewalt erbebten die schwachen Bauten der Vergänglichkeit. Und noch bezwingender war das Schauspiel in der himmlischen Klarheit der Frühe. Silbern gischtend strömten die Wogen durch die steile Schlucht, den Tobel, zwischen den vom Sturm zerzausten, geborstenen, aufgesplitterten Wettertannen. Sie stauten sich über der kleinen Wandelbahn, glitzernd wie Schalen von smaragdgrünem Glas, sie spalteten sich zu Strähnen, sie kräuselten sich, versprühten, zertropften, zerstäubten in Schleiern von allen Farben des Regenbogens, und immer wieder ballten sich die Wasserkämme, die Wasserberge, als wälze sich hinter ihnen die grosse Sintflut heran. Sie erschütterten das Gebälk der überdachten Brücke und brausten schäumend weiter in die Tiefe, zum Dorf, zu den Schranken und Stegen um den Turm der Pfarrkirche, zur Ache, die in gezähmter Wildheit durch das geebnete Tal dahinstrudelte. Eine Woche nur, und das Ohr hatte sich an die zornige Stimme des Niagaras von Gastein gewöhnt. Sie wurde die Dominante aller Geräusche, sie beschwichtigte Gabrieles Herz und wiegte sie in lösenden Schlummer.

Staffage waren auch hier die Kurgäste mit ihren Gebresten und ihrer Eitelkeit, ihren Jausenkaffees und ihren Rundläufen. Aber auch hier wiederholten sich, verborgen oder sichtbar, die Dramen des leidenden und hoffenden Lebens. Vor den grünen Fensterläden des alten Badhotels schoben Dienstmänner die Wagen von Kranken, die schottische Plaids auf den Knien hatten. Die Gesunden behielten, wenn die Musiker aufbrachen, die Rohrstühle des Gartenmobiliars, das vor dem Straubinger[103] stand, oder eilten hin und her, zum Barometer oder zu den von Goldlinien umrandeten Speisekarten. Die Hotelomnibusse luden die Fremden, die jetzt, im September, zur Hochsaison eintrafen, und ihre mit ruhmredigen Etiketts beklebten Koffer ab. Es war eine Örtlichkeit der Gegensätze. Noch war die Villa Meran mit ihrem hölzernen Obergeschoss das Schweizerhaus des Jägers Brandhofer, des stillen Habsburgers, und seiner Liebe zu der Postmeisterstochter von Aussee[104], und Solitude hiess die Villa Rohan. Doch über dem Abgrund stiegen

---

[103] Traditionsreiches Hotel im Ortskern von Bad Gastein, ebenso wie das weiter oben erwähnte, 1898 eröffnete Austria.

[104] Erzherzog Johann von Österreich (1782–1859) heiratete 1819 die Postmeisterstochter Anna Plochl, die den Titel einer Freifrau von Brandhofen erhielt (nach dem steirischen Bauerngut Brandhof, das er zu einem kleinen Jagdschloss ausbauen ließ). Erst viel später wurde sie von Kaiser Franz Joseph I. auch zur Gräfin von Meran erhoben. Im Archiv der Akademie der Künste zu Berlin befinden sich zwei unveröffentlichte Typoskriptversionen einer essayistisch getönten Erzählung Wieglers über das Sujet: »Das Glück in Aussee« (Paul-Wiegler-Archiv 46) und »Das Glück am Bergsee« (Paul-Wiegler-Archiv 276).

die Luxusgebäude mit ihren gestuften Stockwerken auf, nie imposanter, als wenn sie angeleuchtet strahlten, eine zauberhafte Geisterstadt für die in Nachtschnellzügen wachenden Passanten. So hatte Planegg einmal Gastein gesehen, als er um drei Uhr morgens von der Adria durch den Tauerntunnel kam.

Der Tag begann um halb sieben und um sieben mit der Thermalkur der Eltern, in den Kellerkabinen, in die der Bademeister rief, sobald die heissen Quellen die gekachelten Becken überschwemmt hatten. Für Gabriele war der Zutritt zum Souterrain noch verboten. Der Doktor Schwarzbart entschied, sie müsse vor allem überernährt werden, müsse oft und schwer essen, bis zum Nachtmahl. Sie widerstrebte, da sie des Appetits ermangelte. War sie, was ihr wohltat, allein, so fuhr sie in ihrer Hietzinger Lektüre fort. Sie nutzte die Bibliothek des Hotels Austria, durch keinen Bleistiftstrich, keinen Kniff, den sie in diesen Büchern, diesen verjährten Heften vorfand, entmutigt. Ein Roman der Dissonanzen hatte sich in die Reihe der Ouidas[105] und Malots[106] verirrt. Betitelt war er »Renée Mauperin«[107], und die letzten Worte über das

---

[105] Pseudonym der britischen Schriftstellerin Maria Louise de la Ramée (1839–1908).

[106] Hector Malot (1830–1907), französischer Romancier.

[107] Roman von Edmond und Jules de Goncourt, in dem sie 1864 eine »psychologische Analyse der zeitgenössischen Jugend« versuchten. Unwillentlich am Tod ihres ehrgeizigen und skrupellosen Bruders mitschuldig geworden, erleidet die nonkonformistische junge Titelheldin eine Herzattacke und stirbt nach längerer Krankheit. Der Roman, in dem vor Zola das Thema der Vererbung gestaltet wird, hatte einen prägenden Einfluss auf Thomas Mann bei der Abfassung der »Buddenbrooks«.

Schicksal eines Mädchens aus der Krinolinenzeit: »Der Tod nahte ihr wie ein Licht«, hafteten ihr im Gedächtnis.

Dann konnte sie wieder auf Stunden, auf halbe Tage unterwegs sein, ohne zu ermüden. Mit dem Vater ging sie nach Böckstein, bis zu dem von toten Goldadern durchzogenen, für immer verwunschenen Radhausberg.[108] In einem Sesselwagen erreichten sie zu vier das Nassfeld. Kälte wehte von den Eiswänden und den weissen Rinnsalen, und nachher geriet man in den Regenguss eines Herbstgewitters. An einem sommerlichen Tag wanderten sie nach Hofgastein. Auf den Wiesen, die nochmals gemäht wurden, auf den Äckern scharten sich zwischen den Stoppeln Bauern mit sehnigen Armen und breite Mägde. Sie banden die Kornschwaden zu Mandeln und Puppen. In der Mundart von Kärnten, das drüben in Mallnitz begann, rief Gustl ihnen näselnd den Mittagsgruss zu. In Remsach soffen aus einem Brunnen vor einem Gasthaus die Pferde eines Fuhrmanns, Mäuler und Nüstern tauchten sie in das erquickende Nass. Hier und da stand auf einem Acker ein Gerüst mit einer verrosteten Glocke, die einst zu den Gottesdiensten von Protestanten geläutet hatte.[109] In Gadaunern sprangen Buben und Mädels über die Strasse. Einer roten Färse, die an einen Pferch gefesselt war, mit einem Sack um den Kopf,

---

[108] In der in diesem Band abgedruckten autobiographischen Skizze vermerkt Wiegler, die Neufangs, seine Vorfahren mütterlicherseits, stammten aus Böckstein bei Gastein und hätten »Land um den Sonnenblick herum besessen und den mit dem Geheimnis der Goldgräberei verbundenen Böcksteiner Berg« (Typoskript im Archiv der Akademie der Künste, Paul-Wiegler-Archiv 389).

[109] Wohl eine Reminiszenz, da die Neufangs Protestanten waren.

wurde ein dunkelbrauner Pinzgauer Stier zugetrieben. Er trug Nasenring und rasselnde Kette, dampfte, rollte bluterfüllte Augen, bäumte sich und warf sich über die Kalbin zu zitternden Stössen der Flanken. Mit scheuem Blick beobachtete der Theresianist, was da geschah.

Kurz vor der Abschiedsvisite fragte die Baronin den Doktor Schwarzbart, ob nicht ihrer Tochter einige Bäder gestattet seien. Er gab nach, und so meldete sich Gabriele für den dritten und fünften Oktober an. An einem Freitag öffnete der Bademeister ihr eine enge Kabine. Er hatte den Schlüssel; wenn sie fertig sei, solle sie den Knauf an der Innenseite der Tür umdrehen. Das Wasser war kristallen hell und warm. In Blasen wirbelnd, kam es noch heisser aus dem Schlauch hervor, den die Badende über ihren Körper hinwegführen konnte. Sie kauerte sich auf der untersten Stufe nieder und verfing sich in ihren Träumen; und sie entsann sich, dass für ihre Kindheit der Freitag ein hagerer, hohlwangiger, schlaffer Mann mit einem runden Hut gewesen war. Durch die Kellerfenster drang mit dem heiteren Morgen der Gesang der Vögel. Von den Nestern im Geäst piepten die Jungen. Sie erschauerte: die Tür hatte sich knarrend aufgetan. Jemand sah sie in ihrer Blösse, ein Herr in violettem Bademantel, ein Monokel im glatt rasierten Gesicht. Der Herr verschwand, die Tür war wieder zu.

Gabriele hastete aus dem Wasser, sie griff nach dem Frottiertuch und sofort nach ihren Kleidern. In Unordnung räumte sie die Zelle. Der Bademeister erwartete sie, ganz durcheinander über die Folgen seiner Nachlässigkeit. Es war, sagte er, heute ein grosser Wechsel. Mit den Reinmachefrauen hatte er im Trakt nebenan gearbeitet, und so einen der vier Schlüssel, deren jeder für mehrere

Kabinen zugleich passte, im Schloss vergessen. Der Herr, den er heute zum ersten Mal bediente, hatte sich in der Nummer der angewiesenen Zelle geirrt. Er, der emsigste Bademeister von Gastein, der alte Josef, wurde brotlos, wenn die Gnädige ihn anzeigte. Gabriele beruhigte ihn und floh hinauf.

Sie sah den Unbekannten weder an der Tafel noch beim Platzkonzert; und es war eine Täuschung, wenn sie nachmittags am Waldsaum oberhalb des Grünen Baumes[110] ihn zu entdecken glaubte. Alle ihre Gedanken wurden von dieser quälenden Vorstellung gehetzt. Eine Ähnlichkeit der Statur genügte, das Antlitz des Herrn und die Linien um seinen Mund ihr wieder einzuschärfen. Dann aber schien das Forschen unter den auf der Promenade jovial verdauenden Kurgästen ihr sinnlos, und sie suchte an ihrer Erinnerung zu zweifeln. Beim Nachtmahl im Straubinger waren ihre Nerven gespannt. Kaum beachtete sie, was die Mama vor der Abreise nach Wien von ihr wollte, und was der Vater und sein Tischnachbar, ein polnisches Reichsratsmitglied, plauderten. Sie gewahrte eine Gruppe zwischen Büffet und Rauchsalon, einen Mannesrücken über einem Ledersessel, einen Nackenscheitel in meliertem Haar, das kreisende Gewölk einer Zigarre. Ein Lüftchen hatte sich draußen erhoben, die Tür des Speisesaals klaffte, die Gardinen verwirrten sich, ein Glaskelch mit Blumen fiel um, eine Dame klagte, es ziehe, die Kellner schlossen schnell die Portiere des Rauchzimmers.

Der Unbekannte und das Knarren der Kabinentür verscheuchten Gabrieles Schlaf in dieser Nacht. Und

[110] Hotel in Bad Gastein.

noch bevor man sie weckte, hatte sie einen Traum, dass ein Tier auf einer Leiter zum Fenster hineinklettre und daran rüttle, und dass sie ohne Hemd, nach Hilfe schreiend, sich ins Meer stürze und in den lauen Wellen versinke. Aber der blasse Spuk zerstob, und als sie sich wusch und frisierte, als sie ihr Mieder schnürte, regte sich in ihr nur das ungewisse Empfinden einer schimpflichen Bedrohung.

In Bischofshofen, vor der Fahrt durchs Gesäuse, richtete sie sich auf dem Eckpolster ein, über dem Planegg ihre Koffer schichtete. Der Fremde stieg aus und ging. Er hatte das glatt rasierte Gesicht eines Vierzigjährigen und ergrauendes Schläfenhaar unter einer Tuchmütze. Gabriele wurde glutrot. Von ferne starrte er sie an, indes ihr Wagen langsam vorbeiglitt.

Der Legationsrat im Ministerium des Äussern Alfred von Lessenberg, Enkel eines nach den napoleonischen Kriegen nobilitierten Prager Geldmannes, erstgeborener Sohn des Chefs der Presskanzlei Ritters von Lessenberg und der Komtesse Ilona Bávany, hatte seine Kindheit in Rom zugebracht. Der Vater war im Ehrgeiz, dem österreichischen Beamtenadel zugezählt [zu] werden, in Regierungsdienste getreten, auf die von ihm erwartete Karriere bereitete er sich als Sekretär fürstlicher Persönlichkeiten vor, auch der Herzogin Helene von Orléans in Eisenach, der trauernden Witwe des aus seinem Phaëton heraus zu Tode geschleuderten Dauphins. Von der Altenburg bei Weimar her kannte er Marie Wit[t]genstein, die Gattin des Obersthofmeisters Konstantin Hohenlohe, die Liszt Farfadet oder Magnolette zu nennen liebte. Öfters hatte sie, ein goldenes Netz mit einer Troddel in ihrem dunklen Haar, dem Meister die Noten umgeblättert. Durch sie und das Augartenpalais kam der Ritter von Lessenberg in Beziehung zu Damen von Einfluss, die ihn am Ballplatz protegierten. Der Botschaft in Rom überwiesen, hatte er nicht aus Lebensfreude, denn ungeachtet seiner Geschmeidigkeit war er eher ein Menschenhasser, sondern wegen Ilonas, einer Vollblutmagyarin, sich im internationalen Trubel bewegt. Noch sah Alfred sie vor sich, jugendlich in grellbunten Kleidern. Noch hörte er sie wie so oft von der Stirnwarze des Abbé Liszt erzählen, von der Audienz der geisteskranken Charlotte von Mexiko bei Pius dem Neunten, der kaum sie hindern konnte, ihr Brot in seiner Milch aufzuweichen, da sie in ihrem Verfolgungswahn bei jedem Bissen, jedem Schluck sich vor Giftmord fürchtete, von dem rauschenden Gepränge der Papststadt, unter weissen Pfauenfedern und dem Brokat der Baldachine. Der Doktor Engelbert Müller, sein Privatlehrer, führte den Zehnjährigen in das Vatikanmuseum. Ganymed, Antinous, die ruhende Ariadne, die im Bade gebückte und die ihr Haar trocknende Venus, alle Götter und Göttinnen atmeten vor dem Knaben in sinnlicher Gegenwart. Der Zwölfjährige schlich sich, wenn Ball in der Botschaft war, zu einer Tür des Soupersaals, er bestaunte die festlich enthüllten Principessen und Diplomatenfrauen und betete eine junonische Französin an.

Souschef der Presskanzlei zu werden, und dann deren Leiter, war dem Ritter von Lessenberg ein aufs innigste zu wünschendes Ziel. Er arbeitete viele Jahre im Nebentrakt, im obersten, gegen den Windanprall durch Eisenklammern mit dem Unterbau verankerten Geschoss. Winklig war der Korridor mit den Stuben der Hofräte. Beust[111] war fort, nur in der ersten Etage schwebte, so spöttelten die jungen Referenten, der von den Katzen seiner Gattin hinterlassene Geruch. Andrássy[112], den Bávanys irgendwie verwandt, der unabhängige Magnat, der nie ein Hehl daraus gemacht hatte, er bleibe, solange es ihm passe, war in sein Ofener[113] Palais zurückgekehrt. Haymerle[114] war gestorben, der nervöse Mann mit der Aktentasche, der bis auf die Stiege hinaus mit seiner Frau, der Frankfurterin, sich zankte; und hinter seiner Bahre war Franz Joseph gegangen, der ihm sogar das lichte Beinkleid zum schwarzen Rock verzieh. Der Ritter von Lessenberg gedachte auch Kálnoky[115] zu überdauern; aber das glückte ihm nicht mehr. Von dem Spiegelkasten, vor dem er seine Bartkoteletten gestrählt hatte, und von seinen gleissenden Orden trennte ihn eines Sommertags im Wiener Wald der Tod. Er hatte im Donaugelände, bei Tulln, eine Villa erworben und ein Stadthaus in Graz, in der Sporgasse. Die Villa war verkauft, das Haus in Graz bis auf eine Etage, die Ilona mit Peter, dem zweiten ihrer Söhne, Jahre hindurch bewohnt hatte, vermietet. Jetzt lebte die Witwe, noch immer auf-

[111] Friedrich Ferdinand von Beust (1809–1886), von 1866 bis 1871 österreichischer Außenminister.
[112] Gyula Andrássy (1823–1890), von 1871 bis 1879 österreichischer Außenminister.
[113] Ofen: historischer deutscher Name für den rechts der Donau liegenden Budapester Stadtteil Buda.
[114] Heinrich Freiherr von Haymerle (1828–1881), von 1879 bis zu seinem Tod österreichischer Außenminister.
[115] Gustav Sigmund Graf Kálnoky von Kőröspatak (1832–1898), von 1881 bis 1895 österreichisch-ungarischer Außenminister.

fallend schön, in Budapest, um sich herum ein ganzes Regiment halbflügger Mädchen aus der Verwandtschaft.

Alfred von Lessenberg studierte, schlank, bei bestechenden Manieren weltmännisch unbeteiligt, auf der Orientalischen Akademie. Mit sechsundzwanzig wurde er Dragoman[116] in Konstantinopel, in dem Hause in der Rue Tom-Tom, dessen Portal der Markuslöwe zierte. Den Tarbuch[117] über der Raubvogelnase, im Typ armenisch wie der Gärtner, der sein Vater sein sollte, zeigte sich Abdul Hamid[118] beim allerhöchsten Selamlik[119], von seinen Albanesen[120], Arabern und Kurden umringt, mit dem durch den Staub ihm nachjagenden Tross von Effendis und Spitzeln. Vor den Gittern von Buyukdereh[121] heulten die gefrässigen, herrenlosen Hunde. Es heulten, graue Filzhüte auf den Köpfen, die ekstatischen Derwische. Über den Seraskier-Platz trippelten dicht vermummt die Weiber der Moslems. Aber das Europäerviertel war Pera, und Alfred Lessenberg musste sich mit den Krockettpartien im Park der Botschaft begnügen oder mit einem Theater von Griechen, das die Schwänke des Vaudeville abspielte, gemein durch Armseligkeit. Man veranstaltete Routs, Tees und Diners; durch schmutzige Engpässe schwankten beim Flackern von

[116] Übersetzer, Dolmetscher oder sprachenkundiger Reiseführer, besonders für Arabisch, Türkisch und Persisch.
[117] Mit einem Fez vergleichbare Kopfbedeckung.
[118] Abdul Hamid II. (1842–1918), von 1876 bis 1909 Sultan des Osmanischen Reiches.
[119] Öffentlicher Empfang des Sultans für die Würdenträger.
[120] Veraltet für Albaner.
[121] Büyükdere, Stadtviertel im europäischen Teil Istanbuls.

Pechfackeln die Sänften. Keine Reize boten sich als die von Levantinerinnen mit Bartschatten auf den Oberlippen, von Zirkassierinnen[122] mit gestickten Westen, Silbergürteln und rosa Seidenhosen und Armenierinnen in Spencern mit Schwanenpelz und klirrendem Goldschmuck, deren Türen Negerportiere bewachten.

Von Stambul kam Alfred Lessenberg nach Madrid, wo er ein Jahr Legationssekretär war. Er schied aus, weil er es verschmähte, sich mit dem Gesandten [gut] zu stellen. Wieder nahm er Bilder mit sich, deren brennende Farben in ihm nicht erloschen: das Gewimmel der Plaza Puerta del Sol, Caballeros und schnatternde Stiefelputzer, Tänzerinnen in niedrigen Gewölben, mit Kastagnetten in den knochigen Fingern, umflogen von Fransenschals, Stiergefechte im flimmernden Sand der grossen Arena, bei frenetischem Geschrei und Fanfarenklängen, die Gruft der Habsburger im Escorial, die Terrasse vor den Gipfeln der Sierra Guaderrama[123]. Aber es war eine Befreiung für ihn, als eine Depesche des Aussenministers, des Grafen Agenor Goluchowski[124], ihn in das Präsidialbüro rief. Unter ihm wurde er Sektionsrat; dann heiratete er. Er vermählte sich mit Pia von Körner, der Nichte eines Reichenberger Textilfabrikanten. Jung war sie vor sechs Jahren nach Wien übersiedelt. Kornblumen im Haar und als Girlande um die Taille, hatte sie ihre ersten Réunions dansantes mitgemacht. Einen Li-

[122] Tscherkessinnen.
[123] Sierra de Guadarrama.
[124] Agenor Maria Adam Graf Gołuchowski (1849–1921), polnisch-österreichischer Politiker, von 1895 bis 1906 Außenminister Österreich-Ungarns.

nienschiffsfähnrich hatte sie verehrt, Anträge indes nur von gesetzten Herren empfangen, wenn es nicht einer war, der sich im Espritflirt mit ihr gefiel. Da es schien, als habe sie eine zukunftsvolle Altstimme, gab der Professor Beranek ihr Stunden. Ihr Onkel schickte sie der Orgeni[125] zu, die sie abwies. Damals begegnete sie Alfred Lessenberg. Er hatte an eine Ehe mit einer der ungarischen Kusinen, der dreisten Aranka Bávany, gedacht. Jedoch er vermutete, mit ihren Launen werde sie ihm allzu strapaziös sein, und die sanfte Pia zog ihn an, seit er nach einem Konzert plötzlich zu sehen glaubte, dass sie durchaus hübsch sei; oder auch mehr. Etwas verblüfft, sagte sie Ja und wurde seine Braut. Nach der Heirat aber irritierte ihn ihre ›vernunftvolle‹ Eintönigkeit. Er flüchtete aus dem stillen Heim in der Teinfaltgasse, aus der Kühle zwischen Granitmauern zu Ronacher[126] und in den Klub. Eines Nachts sagte Pia ihm sehr leise, dass sie schwanger sei. Sie erlitt eine Fehlgeburt und starb nach drei Tagen dem toten Kinde nach.

Dieses Verhängnis erschütterte ihn, jählings fiel die Fassade seines Wesens ab. Schon begannen die Freunde, die er hatte, ihn aufzugeben. Bis sich das Gerücht verbreitete, er habe eine Liaison mit Jolan Fischer vom Theater an der Wien. Die Fischer, der Star, redete als Soubrette und ausserhalb der Bühne ein ordinäres Lerchenfelderisch[127]. Sie lachte, ihre »Glur'n«, ihre flammenden Augen krankhaft aufreissend, klatschte in die Hände und

[125] Aglaja Orgeni (1841–1926), ungarische Opernsängerin und Gesangspädagogin.
[126] Varietétheater in der Wiener Innenstadt.
[127] Wiener Vorstadtdialekt, Synonym für eine derb possenhafte Sprache.

stemmte sie in die Hüften. Alfred Lessenberg war bald Inhaber eines Stammplatzes im Parkett und näherte sich ihr. Bald durfte er sie mit ihrem wahren Vornamen Pepi nennen und in ihr Logis in der Schleifmühlgasse begleiten. Dort hatte sie ein Boudoir mit protzigen Mahagonimöbeln, ein türkisches Rauchkabinett, ein Schlafgemach mit einem vergoldeten Rokokobett, Teppiche, Plastiken von Marmor und Bronze, Geschenke eines Börseaners, und Bilder, unter denen ihr von dem genialen Fogtscheanu[128], einer Berühmtheit des Cafés Central, geschaffenes, schwefelgelbes Aktporträt war. Dann wurde sie gepfändet, nichts blieb als leere Strohkörbe und Polster am Boden, eine Kahlheit wie nach einem Schadenfeuer. Indes bevor Alfred Lessenberg nach der Brieftasche greifen konnte, waren zu einem geliehenen Toilettentisch Stapel von feinster Wäsche wieder da. Vormals eroberte sie Wien mit dem Cancan aus dem »Pariser Leben«; und wenn sie an die Rampe stürmte und jauchzte: »Es tanzet, tanzet, tanzet das Zimmer«, wenn sie schneidenden Tons ihre Kuplets akzentuierte, war sie die gefeierte Siegerin. Und noch entfesselter wirkte sie in der Chambre Séparée, wenn die Sektgläser zersplitterten. Sie marterte die Direktoren, auf ihre Unentbehrlichkeit pochend. Ganze Nächte raste sie bei den Volkssängern in Dornbach; und erst an den Vormittagen kam sie, noch immer unbändig, im Fiaker zurück. Überall wollte die Pepi die zahlende Patronin der armen Künstler sein, auch der Schmierenkomödianten irgendwo draussen, in deren Bude sie Gesindel lud. Und oft ergötzte sie sich in Spelunken, in denen Strizzis mit Sechsern[129] an den Oh-

---

[128] Lesart unsicher, nicht identifiziert.
[129] In Wien Frisur, die an den Schläfen in die Form einer 6 auslief.

ren sie, die »g'spritzte Theatergredl«, packten und herumschmissen. Lessenberg war ihr offizieller Freund, mit dem sie prahlte. Aber mit Hohn behandelte sie ihn häufig. Das Ende war Wüstheit. Sie schrie ihn an, sie habe genug von ihm. Es war ihm, als werde ihr Gesicht zu einer Fratze, als fliesse aus ihm ein schimmerndes Licht, das ihn mit einem entnervenden Schlag anrühre. Er sah sie nicht wieder.

Für zwei Herbstmonate liess er sich beurlauben. Er ging zur Kur nach Gastein. Auf der Fahrt über Bischofshofen nach Salzburg traf ihn der Blick des zutiefst errötenden Fräuleins, das nach seinen Erkundigungen im Austria die Baronesse Planegg war. Er reiste von Salzburg nach Innsbruck, zu seinem Bruder Peter. Der Fünfunddreissigjährige hatte als Artilleriehauptmann bei der Tiroler und Vorarlberger Gebirgsbatteriedivision gestanden und in einer inneren Wandlung, deren Rätsel Alfred bisher nicht durchdringen konnte, dem Dienst entsagt. Er beabsichtigte, Novize bei den Jesuiten in Feldkirch zu werden. Alfred fand ihn in der Kaserne, übernächtig wie die blakende Lampe, in aufgeknöpfter Bluse, von einer grossen Entscheidung verklärt. Er glich dem Vater nur in knappen Geberden, in der Art etwa, wie er beim Sprechen mit der Hand vor sich hindeutete. Von der Mutter kam seine Stirn mit den zarten Jochbogen, sein, so verschlossen auch er sich gab, gewinnendes Antlitz. Bis zu dieser Vormittagsstunde hatte er Seite um Seite mit seiner kleinen Schrift bedeckt, taub für das Schmettern eines Bombardons[130] drunten im Hof, das Getrampel der Mannschaften, das Gewieher aus den Ställen. Offen und glatt gestrichen war das Bett.

---

[130] Basstuba mit drei oder vier Ventilen.

Alfred nahm ihn mit sich in die Strassen am Inn und zur Station der Stubaitalbahn, mit der sie nach Telfs hinauffuhren. Sie traten in einen Wirtsgarten ein. Vor ihnen lagen Serleskamm und Pinnistal, Türme und Zacken von weissgrauem Kalk und die funkelnde Pracht der Firnen. Unsicher schaute der Hauptmann Lessenberg empor, verteidigte er gegen den Bruder seinen eigenwilligen Lebensplan. Er sagte, was ihn dazu veranlasst habe, nicht nur die Förderung durch einen Menschen von makelloser Lauterkeit, den Pater Neuwirth, auch die begnadende Kraft der Erkenntnis. Zerstreut hörte Alfred ihm zu. »Du wirst also ein Offizier Christi sein«, bemerkte er mit der duldsamen Missbilligung des älteren Bruders für den jüngeren. Nie hatte, soviel er wusste, das verheissende Lächeln einer Frau das Verhalten Peters in seinen seelischen Konflikten bestimmt, und doch sah er in dem braunen Waffenrock mit den roten Aufschlägen und den goldenen Litzen hervorragend gut aus. Ein Spötteln ertrug er nicht. Er verhaspelte sich, er trank den schweren Magdalener, und dann versiegte seine Mitteilsamkeit. Das Einzige, wovon er noch berichtete, war sein letzter Aufenthalt in Feldkirch. In Worten des Heimwehs fast, als sei er ihr schon auf immer verbunden, beschrieb er die sturmumflochtene Stadt, die Landhäuser nach Levis zu, die Ill, die Grabengärten. Auf dem Holztisch hatte Alfred Figuren gekritzelt, eine nackte, mädchenhafte Diana mit der Mondsichel im Haar, aufrecht schreitend. Die Erinnerung an den Vatikan floss mit der an die Kabine in Gastein zusammen. Er umkränzte, was er da spielerisch hinwarf, mit Rispen und Initialen. Mit Tropfen Weiss wischte er es weg. Sie zahlten der Kellnerin. Über dem Gebirg ging, als hänge er auf ihre Köpfe herab, der Vollmond auf.

Eine der ersten Massnahmen des Aussenministers Freiherrn von Aehrenthal[131] war es gewesen, Avancements[132] zu verfügen. So wurde Alfred von Lessenberg Sektionsrat. Noch im Oktober richtete sich der Witwer in der Teinfaltgasse wieder ein, in der ihn seit zwei Jahren Frau Poschacher mit damenhafter Würde betreute. Er hatte, als er nach dem Tode Pias der Künstlerin Jolan Fischer verfiel, seine privaten Umstände der grauen Hausgenossin nicht lange verhehlen können. Desto mehr schätzte sie, als sie sah, wie geflissentlich er nun privaten Verkehr mied. Schon früh am Abend enthob er sie ihrer Pflichten, und wenn er nicht, was er selten tat, ein Theater oder ein Konzert besuchte, blieb er allein. Er durchwanderte die Räume. Die weit gespannten Kronleuchter, die vielen Lampen liess er brennen. »Pia«, flüsterte er, »Pia.« Es war, als brauche er, die Schatten, die ihn umzingelten, zu entfernen, dieses Übermass von Licht. Schritt um Schritt näherte er sich den Spiegeln, die das Bild der Toten eingefangen hatten, als werde es durch einen Zauber, den er zugleich ersehnte und fürchtete, den metallenen oder holzgeschnitzten Rahmen wiederum entsteigen. Das Instrument, zu dessen Akkorden sie oft gesungen hatte, war mit einem Schlüsselchen, das er bei sich trug, fest verschlossen. Aber er streifte mit den Fingern über die schwarzgelackte Fläche, die Frau Poschacher, seit sie seiner Beschäftigung unvermerkt zugesehen hatte, peinlichst vor Staub hütete. Und ebenso betastete er alle Möbel, alle Nippes, auf denen Pias Blicke verweilt hatten,

---

[131] Alois Lexa Freiherr, später Graf von Aehrenthal (1854–1912), von 1906 bis 1912 österreichisch-ungarischer Außenminister.
[132] Beförderungen.

ihre Garderobe, die noch ausgestreckt in den Schränken hing, ihre seidene Wäsche. In einer Truhe gesammelt waren Gegenstände kleiner Erinnerungen: eine Strähne von Pias Haar, winzige porzellanene Elefanten und Löwen, ein ausgestopfter Kolibri und Spitzentaschentücher, an denen noch immer, schwach und stickig, ein Hauch ihres Parfüms haftete. Er vermisste einen Kalender auf Elfenbeinpapier, in den sie die Geschehnisse ihres Frauenlebens verzeichnet hatte, bis zu den letzten, mit ausrutschender Hand in unverständlichen Chiffren niedergeschriebenen Notizen der Wöchnerin.

In solchen Nächten spürte Alfred Lessenberg, der Morgen werde ihn genauso ruhelos antreffen, wie er jetzt war. Unaufhörlich übersann er die Geschichte seiner Heirat. Dass er die Ehe mit Pia einging, hatte für ihn selbst etwas Rätselhaftes gehabt. Denn jener Vorfall mit der Tasse Tee war so überraschend wie möglich. Ihr Onkel, der durch den Export von Orleans[133], Futterstoffen, Kaschmiren und Damentuchen sein Vermögen erworben hatte, war der Mäzen von Reichenberg, aber ihr Vater einer der wenig bemittelten Junioren. Der Onkel nahm sie in sein Wiener Haus. Als ihr Gesangsstudium eben durch den ablehnenden Bescheid einer Künstlerin von so gefeiertem Namen fraglich geworden war, brachte Alfred Lessenberg die Enttäuschte mit der Gesellschafterin ihrer Tante vom Musikvereinssaal nach der Hohen Warte[134] zurück. Die Gesellschafterin, eine dunkelhäutige, sprühende Halbitalienerin, hatte ihn interessiert. Aber während der Fahrt, als durch die Wagenfenster der

---

[133] Leichter, glänzender Baumwollstoff.
[134] Bebauter Hügel im 19. Bezirk Wiens (Döbling).

Lichtschein des Rings über das Antlitz Pias glitt, wusste er, dass sie ihn mehr fesselte als die andere, und ihre ungewöhnliche Klugheit, mit den Neigungen, die sie selbst verraten oder erweckt hatte, beschleunigte die Kristallisation ihrer Liebe. Das Fräulein Slavona und Pia tranken an jenem Abend den Tee bei ihm, und die Slavona deckte die Inkorrektheit durch ihr Schweigen. Vier Wochen danach kam es zum Verlöbnis.

Alfred Lessenberg zerquälte sich, wenn er bis hierher gelangt war. Hatte das Gebot der Natur genügt, ihn Pia zu entfremden? Hatte der Zwang, Tier zu sein, alles, was an Schutzbedürfnis in ihr war, zum Widerstand aufgerufen? Er sah ihr Gesicht in den Stunden der Umarmung. Es hatte einen Ausdruck geheimen, grüblerischen Schmerzes. Bis sie eines Tages, noch vor Ablauf der Frist, niederkam und sich ergab, dass das Kind nur in den Tod hinein geboren war; bis sie dann sein Schicksal teilte. Geräuschlos, indes nur seine Mutter und die Blaha um sie waren, die Wirtschafterin, die jetzt in ihrem rauhen Starrsinn das Haus in Graz verwaltete, hatte sie sich in das Nichts geflüchtet. Herzschwäche, hatte der Arzt Doktor Vajda verkündet, mit dem er, als er gegen Morgen erreicht worden war, entsetzt telefonierte. Ein Arzt, dessen Namen er bis dahin nicht kannte, und den er nie wiedersah. Er hatte die Dahingeschiedene betrachtet, wie sie im Sarge lag, zwischen Blumenkissen und Kerzen, und ihre offenen Augen, so wähnte er, folgten ihm und beschuldigten ihn eines Unrechts, das er an ihr verübt habe, eines nicht gutzumachenden Unrechts. Von da ab lastete seine Schuld auf ihm.

Die Gasteiner Begegnung mit Gabriele hatte zuerst seine eigenen Kavalierbegriffe empört, da sie so unerlaubt war, und er forschte in seinen Gedanken, wie der fatale Nebenklang zu erklären sei. Ach ja, im Klub hatte man derartige Anekdoten mitunter beplaudert. Das war doch das Abenteuer des Briten, der in einem Pariser Hotel die Tür eines Badezimmers aufmachte, eine in der Wanne plätschernde Frau überrumpelte und die Tür alsbald schloss mit den Worten: »Pardon, Monsieur!« Oder der Engländer war ein Amerikaner, der, um nicht zu verhungern, als Steward diente, und die Dame eine Schönheit aus Virginia. Diesmal jedoch wehrte Alfred Lessenberg sich gegen die Zweideutigkeit. Er vergass nicht das flüchtige Wiedersehen in Bischofshofen. Vor Pias Bildnis schob sich ihm das der jungen Planegg. So wie Pia in den Momenten ihrer Nacktheit hatte die Zwanzigjährige, vielleicht auch Achtzehnjährige, die linke Hand vor die Hügel ihrer Brust gelegt; und der körperlichen Reflexbewegung entsprach die seelische Haltung. Sie würde stumm sein, nie konnte Ärgernis entstehen ausser dem unwägbaren, verborgenen der beleidigten Scham. Aber gerade darum war er gewillt, den Irrtum, der für einen Roué[135] lächerlich erscheinen mochte, zu sühnen. Er schätzte seinen Bekanntenkreis und den der Planeggs, mit dem Augartenpalais als verbindender Örtlichkeit, gegeneinander und fand, dass sie wie er zu der Gräfin Erdmannsdorff Beziehungen hatten.

Den Baron und Gabriele sah er ein drittes Mal im Burgtheater. Kainz gab die Rolle Lewinskys, den Mephisto. Aus einer Parterreloge spähte Alfred Lessenberg zum ersten Rang empor, Minuten vor der Verfinsterung. Jedoch ein ambragelbes Dämmerlicht erfüllte das Haus.

---

[135] Vornehmer Lebemann.

Über die Brücke der Rampe hinweg gewahrte Alfred Lessenberg Kainz, in aschgrauem Gewand, mit wehenden roten Schleiern und Zähnen, die wie Phosphor grünlich glitzerten, den Herrn der Flammen. Als Gaukler, der im Keller mit fliegender Behendigkeit sang und die Saiten der Mandoline zupfte, als Geist in Wald und Höhle, im Schauer der zeitlosen Vision. Er war, funkelnd und ätzend, die Stimme des Bösen. Und wie die gefürchtete Maske des Tragöden überwältigte, Alfred Lessenberg las es durch seinen Operngucker von den faltenlosen, jugendlichen Zügen da oben ab. Nach dem Finale drängte er sich zum marmornen Balkonrand. Im Lärm um die Garderobe glückte es ihm, mit einem Blick, der um Verzeihung flehte, den Blick Gabrieles zu kreuzen.

Im Januar bat er die Erdmannsdorff, ihn mit den Planeggs zu einem Rout einzuladen. In der Menge, die ihm gleichgültig war, ging er auf sie zu und liess sich ihnen vorstellen. Es war ihm, als stürze er sich in einen Abgrund. »Ich war unhöflich«, sagte er, »und bin dafür, dass ich in der Trägheit eines selbstsüchtigen Herzens Ihnen auswich, zu jeder Genugtuung, die Sie fordern würden, bereit.« Dabei ward ihm bewusst, dass er so redete, als gehe es um einen schlimmen Ehrenhandel. Sie erblasste, wohl in der Ahnung, dass er sich einem Selbstbetrug hingab. Aber als er vor einer Ölskizze Makarts den königlichen Tizian nannte, vereinbarten sie eine Zusammenkunft bei den Venezianern des Hofmuseums.

Sie blätterte im Katalog, als er den grössten Saal betrat, und um ihn abzulenken, führte sie ihn, nach den Nummern sehend, rasch von Gemälde zu Gemälde. Immer stärker umflutete sie all dieser Glanz. Von der atmenden Grazie des Mädchens beseelt, versenkte Alfred

Lessenberg sich in die prangenden Farben wie als Knabe im Vatikanmuseum. Er pries die Kirschenmadonna, die Danaë im Goldregen des Zeus, Lavinia, die reife Bürgerin mit dem Fächer, nicht die junge Göttin der strotzenden Fruchtbarkeit mit der Obstschale. Und dann zeigte er ihr Diana, die Kallisto, die Sünderin, straft. Er schilderte ihr, wie das in den blutswarmen Akten frei von Lüsternheit sei und voll ungetrübter Reinheit. Die Traumgestalten wurden unentrinnbar wirklich, sie gingen in ihr Leben ein. Von keinem erschreckenden Zwischenspiel mehr verstört, in ihrem Fühlen entmakelt, staunte sie nicht, als er zum Abschied wie ein liebender Freund ihr die Hand küsste.

IV

Seit Wochen war die Löwelstrasse abgesperrt gewesen. Im Volksgarten war ein Bau errichtet worden, Karren hatten Steinblöcke herangeschleppt oder Berge von Sand gehäuft, Maschinen hatten bis zur Abenddämmerung die Luft erdröhnen lassen. Nun stand das Monument der Kaiserin Elisabeth vollendet in der Junisonne.

Lessenberg, Inhaber eines vom Oberhofmeisteramt übersandten Passierscheins, sah, als er über den Franzensring und durch das äussere Portal des Volksgartens ging, die Via Triumphalis, die Flaggen, das Spalier der Kriegervereine, der Schulen und der Delegationen von den Alpenländern bis zur Bukowina in ihren Trachten. Um den Park hatten sich Equipagen und Gummiradler[136] gestaut. Da war auch in seiner vorstädtischen Eleganz, in kanariengelbem Covercoat, die »Flinserln« von Goldblech in den Ohrläppchen, der Scholz-Vickerl, der feiste, rotangelaufene Fiaker aus der Sechskrügelgasse, der ihn, Lessenberg, und die Pepi oft in die Friedenau hinausgefahren hatte. Der Vickerl kopierte den Bratfisch[137], den singenden und pfeifenden Fiaker Rudolfs, und war ein Sachkenner in Retzer Züngeln, Hundsplatzler und Poisdorfer Laus im Pelz, allen süffigen Fechsungen[138] der niederösterreichischen Weinkultur. Noch immer diente er

---

[136] Pferdegespann mit gummibereiften Rädern, um den Lärm zu vermindern.

[137] Josef Bratfisch (1847–1892), Wienerlied-Sänger und bis zu dessen Freitod 1889 im Jagdschloss Mayerling Leibfiaker des Kronprinzen Rudolf.

[138] Österreichisch, veraltend: Ernten, im Weinbau wurde darunter die Weinlese verstanden.

den Nachtlokalen als Zutreiber, und es gab Lessenberg einen Stich, wenn er an eine neue üble Geschichte der Pepi dachte. In einem Prozess gegen einen Bankierssohn war sie unlängst als Zeugin oder Mitbelastete vernommen worden. Betrunken von Champagner hatte sie neben dem Defraudanten[139], der für sie Wechsel fälschte und stahl, am hellen Nachmittag auf der Ringstrasse in Vickerls Wagen randaliert. Die berühmte Jolan war entschieden im Abstieg, ihr Name fehlte seitdem im Spielplan des Theaters an der Wien.

Hochrufe ertönten aus der Richtung des Burgtors, des Theseustempels: Der Kaiser war aus Schönbrunn eingetroffen und näherte sich der nördlichen Ecke des Parks, in der, noch unter der Schmuckwand der Tapezierer und Gärtner, in klassizistischem Halbrund die weisse Architektur ragte und auf einem Thron, über Stufen, zur Statue erstarrt, Elisabeth sass. Sie spiegelte sich in einem Wasserbassin. Verschwenderisch dufteten die frisch benetzten, kostbaren Rosen. Ein Priester, ein Kreuzstab im Hintergrund waren der Anteil der Kirche an dieser Huldigung, die einsamer Schönheit die Nachwelt erwies. Franz Josef war der taktvollste Zuschauer der Feier, die so begann. Er trug den weissen Rock der Paradeuniform mit dem Band des Goldenen Vlieses, den grünen Busch am Generalshut. Leutselig unterhielt er sich mit Exzellenzen, die Dreimaster von Plüsch und Flaum auf ihre pomadisierten Scheitel gestülpt hatten, mit ernsten Herren in Gala. Die Schultern herablassend, sprach er nachher Worte des Dankes und zeichnete eine Liste von

---

[139] Betrüger, Ganove.

Gästen durch sein Wohlwollen aus. Dicht bei ihm stand eine Frau in Trauer, mit männlich grobem Gesicht, die späte Anwartschaft auf eine Krone hatte. In Schwarz ging auch eine andere Matrone. Zwei Schwestern hatte Maria, Königin beider Sizilien, überlebt, Elisabeth und die beklagenswerte Sophie von Alençon, die, einst entlobte Braut Ludwigs, des Selbstmörders vom Starnberger See, beim Brande des Bazar de la Charité in Paris ein Opfer der Flammen wurde. Die Frau ihr gegenüber, die Wettinerin Maria Josefa, steif, in Sommerrobe, Boa und Federhut, war die Witwe des Erzherzogs Otto, des zerstörendem Siechtum im November erlegenen Bruders von Franz Ferdinand. Sie traten zu Gruppen zusammen, fast alle weissgekleidet, die Damen in Riesenhüten mit wallenden Pleureusen, in Kragenmänteln, Mantillen und Kostümen, dünn oder umfangreich, und zwischen ihnen kleine Marineure[140], Knaben im Strohhut. Franz Josef wandte sich um, noch einmal zu der Statue hinaufblickend. Er grüsste und verneigte sich dahin, wo eine Dame in mittleren Jahren sichtbar war, heiter, mit behaglichen Formen und blauen Medusenaugen. Es war Frau von Kiss, Katharina Schratt, die gnädige Frau. Heute früh hatte er sie, wie täglich um halb sieben Uhr, aus ihrer Villa in der Gloriettegasse abgeholt, in Hofratszivil mit chamoisbraunen Gamaschen, und sie waren wie ein altes Paar durch den botanischen Garten am Kaiserstöckl spaziert. Vertraulich lächelte er ihr zu.

Wenige Stunden danach verliess Alfred Lessenberg seine Kanzlei in dem Haus am Ballplatz. Für den Mi-

---

[140] Mitglied der österreichisch-ungarischen Marine.

nister hatte er ein schwieriges Aide-Mémoire ausgearbeitet, vor dessen Zusammenkunft mit Tittoni[141], zu der auch der Herzog von Avarna[142], der Botschafter, sollte. Der Kopf schmerzte ihn. Er schluckte eine betäubende Tablette und legte sich auf einen Diwan, bis gegen Mitternacht. Zu Fuss irrte er nach der Wieden, zur Schleifmühlgasse. In der Teinfaltstrasse brachte ein Herr ihm ein Lokalblatt. Es meldete, dass Jolan Fischer nach einem plötzlichen Niederbruch gelähmt in eine Klinik eingeliefert worden sei. Die Wohnung Pepis hatte dunkle Fenster und war, wie ein Plakat besagte, das er im Laternenlicht entzifferte, sofort zu vermieten. Er betrat ein Beisel, aus dem Musik erscholl. Aber unter den Bummlern, die es bevölkerten, empfand er nur Schalheit und Überdruss. Am Getreidemarkt rächte eine arme Dirne, die den feinen Herrn in ihm gewittert hatte, und die er nicht beachtete, sich an ihm mit zotigen Schmähungen.

Im September veranstaltete Graf Schönberg, Mitglied des böhmischen Landtags, bei seinem Schlosse Častalowitz[143] Parforcejagden und Schiessjagden. Etwa fünfzig Personen, zumeist aus dem Prager Adelsviertel und den Wiener Kreisen, waren zu diesem Aufenthalt angemeldet, der über eine Woche dauerte. Der Baron

[141] Tommaso Tittoni (1855–1931), italienischer Diplomat und Politiker, u. a. dreimal Außenminister: 1903–05, 1906–09 sowie 1919.
[142] Giuseppe Avarna di Gualtieri (1843–1916), von 1904 bis 1915 italienischer Botschafter in Wien, überbrachte in dieser Funktion am 23. Mai 1915 die Kriegserklärung seines Landes an Österreich-Ungarn.
[143] Častolowitz (Častolovice).

Planegg, einer der bekanntesten Jäger, war gekommen, und zu den Debütanten zählte Lessenberg. Die Eröffnung war ein Bankett an langer, mit Fichtengrün bekränzter Tafel. Durcheinander sprach man über die Geschehnisse der heutigen Zeit, die vierzehntägige Residenz des Kaisers auf dem Hradschin, die Politik des Freiherrn von Beck[144] um Wahlreform und Ausgleich, die Thronrede ohne Thronfolger, den heiklen Besuch Eduards des Siebenten bei Franz Josef, den Gegenbesuch Tittonis auf dem Semmering und in der Ischler Kaiservilla, mit der Rundfahrt über den Hallstätter See, von der Lessenberg als Teilnehmer berichten konnte. Planegg hatte die Kaisermanöver in Kärnten gesehen, von Klagenfurt aus, wo er vorgestern Gattin und Tochter zurückliess. Bei sengender Hitze und starken Regengüssen hatten, so sagte er, die Truppen bis auf manche Reservistenkontingente durchgestanden. Nur zwei Tage hatte der Kaiser, was unter der Leitung seines Neffen sich vollzog, besichtigt. Die Gespräche wurden so laut, so heftig, dass der Hausherr den weisshaarigen Livrierten, die ohne Pause die Gläser füllten, hinauszugehen befahl. Und nun wurde die letzte der Alarmnachrichten erörtert, König Karol in Wien, seine Unterredungen mit dem Aussenminister und mit dem Chef des Generalstabes. Es war für viele kein Geheimnis mehr, dass dieser harte Soldat, der Mann des

---

[144] Max Wladimir Freiherr von Beck (1854–1943), von 1906 bis 1908 österreichischer Ministerpräsident, setzte gegen den Widerstand des Thronfolgers das von den Sozialdemokraten seit langem geforderte allgemeine und gleiche Männerwahlrecht für das Abgeordnetenhaus durch und initiierte eine Reform der Arbeiterversicherung sowie die Einführung der Alters- und Invalidenversicherung.

Thronfolgers, dem Kaiser schroff erklärt hatte, es sei notwendig, gegen Italien loszuschlagen. Die Stimmung erreichte hohe Grade. Jäh indes drohte sie abzufallen, und nur die Fanfaren der im Schlosshof aufgestellten Bläser retteten sie.

Am nächsten Tag und an drei weiteren war Parforcejagd. Die Herren ritten in rotem Frack. Die stattliche Kavalkade mit den Koppeln der Hirschhunde und den Pikören[145], die ihre Waldhörner schwangen, die Gegenwart der Frauen in schleierumwallten Zylinderhüten und engen Kleidern beschäftigten Lessenbergs Sinn für das Malerische. Er blieb abseits, sobald er vermochte, und schritt, das Pferd am Zügel, in die Tiefe des Waldes. Bevor er den Schlaf abschüttelte, hatte ihn gefröstelt. Jetzt war es schwül im Gesträuch, über dem die Mücken tanzten. Ein Wind streifte die Buchen und rieselte durch das Birkenlaub. Die leise sich bewegenden Stämme, das geängstigte Wild, die aufflatternden Vögel, die sich wehrenden Gräser und Farne: es war die Natur, deren inneres Leben der Mensch entweihte. Am Forsthaus hatten die Jäger ihr Rendezvous. Das Halali rief. Was Hirschfänger oder Büchse getötet hatten, wurde zusammengetragen. Demütig warteten die Bauern auf den Imbiss, der ihnen zufiel, und Regenwürmer nannte man die Maccaroni, die man aus den eisernen Kochtöpfen in ihren Winkel hinüberwarf.

Während der Schiessjagden der übrigen Tage hielt Lessenberg sich an den Baron Planegg, der seine Abneigung gegen die Massenjagd nicht verhehlte. Sie wandelten unter dem blassblauen Herbsthimmel in einer der

---

[145] Berittener Hundemeutenführer bei Reit- und Parforcejagden.

Racheln[146] des buckligen Bodens, und Planegg beschrieb die Pirsch auf Gemsböcke in Kärnten, auf Hirsche und Bären in den Karpathen, das stutzende Verhoffen eines Zwanzigenders, den er, den Tierschrei nachahmend, gelockt hatte, und der dann vorwärtsbrauste und den Jäger fast niedergestampft hätte. Aber nicht müde wurde er, beim Schnepfenstrich[147] zu verweilen, eine Viertelstunde vor dem Sinken der Sonne, bis es über dem Moor nachtete und die erste Waldschnepfe durch die Luft ansegelte, oder bei der Jagd auf Rebhühner und Wachteln, um deren zarteste Federchen er wusste. Am Tag des Abschieds wurde im Park von Častalowitz bei lodernden Fackeln die Strecke ausgelegt, und die gesamte Kapelle spielte zum Diner auf. Die Frauen blendeten mit grossen Toiletten und Brillanten. Lessenberg hatte seinen Platz gegenüber dem Baron, der mehr trank, als er zu tun pflegte, und dessen dunkle Augen, als er Gabrieles gedachte, sich feuchteten. Er sprach von schweren Sorgen um die Zukunft der Seinen. Und Lessenberg sagte sich, dies kürze den Weg ab, den er selbst zu gehen hatte.

Er war zurückgekehrt und liess durch die Sendung seiner Karte nach der Maxingstrasse erkennen, wie viel ihm daran gelegen sei, empfangen zu werden. Die Baronin Planegg bat ihn zu einem Souper in kleinem Kreise. Erhöht wurde die Zwanglosigkeit durch die überraschende Ankunft der Fürstin Kohary. Noch in letzter Minute

---

[146] Durch Oberflächenerosion entstandene langgestreckte Rinnen und Furchen.
[147] Jägersprachliche Bezeichnung des Balzflugs der Waldschnepfe.

nahm sie unter Gelächter einen Platz am oberen Ende der Tafel ein. Sie liebte es, durch Anekdoten, die sie hervorsprudelte, ihre Ungeniertheit selbst zu parodieren. Mit siebzehn hatte sie, wie sie munter erzählte, aus der Equipage heraus irgendeinem Mann gewinkt, der vorbeiging, und, als man sie schalt, sich entrüstet: »Das ist doch der Kommis vom Roten Turm!« Der Rote Turm war eine Drogerie nahe der Ferdinandbrücke gewesen. Sie machte sich auch über andere lustig und besonders über die Prinzessin Stefanie Rohan, die, als ein Krach in der Zuckerindustrie sie finanziell zu schädigen drohte, nur versicherte: »Alors du moment que nous n'aurons plus de capital, il nous faudra vivre des pourcents.«[148] Der Baron warf, durch diesen unökonomischen Einfall einer Dame merklich erleichtert, einen Scherz dazwischen.

Lessenberg war der Tischherr der Kohary, die ihm mitunter Bonmots ins Ohr raunte. Sein Gegenüber war ein nordamerikanischer Diplomat, mit dem er eine höfliche Scheindebatte über Wirtschaftspolitik unterhielt. Aber so oft es ihm möglich wurde, blickte er auf Gabriele. Und in stummer Verständigung hob sie die Augenlider. »San's net so fad!« rief die Kohary ihm zu, als die Schalen mit dem lauen Wasser herumgereicht worden waren, ergriff seinen Arm und improvisierte mit ihm, über die Schwelle des Musiksalons tanzend, einen Walzer. Planegg klappte den Flügel auf und spielte die »Donauwellen«. Nachher tanzte Lessenberg mit Gabriele, und die Kohary schob ihren Fächer zum Ellbogen hinauf

---

[148] »Wenn wir kein Kapital mehr haben, müssen wir von den Prozenten leben.« (Gemeint sind die Zinsen.)

und platschte, als vollziehe sich etwas für alle Welt Sehenswertes, in die Hände. Er ging durch die Nacht zum Schönbrunner Vorpark, in das Glück der Erwartung versunken.

Am vierten Tag um elf besuchte er in der Sonntagsstille die Planeggs. Er wurde, da der Baron erst später auf dem Südbahnhof eintreffen werde und die Baronin mit dem jungen Herrn ihn abhole, in einen kleineren Salon geführt. Die Baronesse bitte, sich einen Moment zu gedulden. Er hatte Zeit, englische Farbstiche in der Punktiermanier zu studieren und daneben zwei bürgerliche Genreszenen in Stahlstich, beide aus altmodischen Eisenbahnkupees. Auf dem einen liebkosten Frauen, die Mama und eine Tante oder eine Verwandte sonst, einen hübschen, lockigen Knaben in der Uniform eines Marineschülers; und er plärrte vor Bangigkeit und Torheit. Auf dem Pendant eroberte er, nun zum blonden, schlanken Seeoffizier herangewachsen, das Wohlwollen eines grauköpfigen Millionärs und das verwöhnte Fräulein, die Erbin des biederen Gentleman. Lessenberg las fünfmal oder sechsmal die moralischen Unterschriften.

Dann öffnete sich die Tür, und Gabriele schritt auf ihn zu. Unbefangen war die Art, mit der sie das Gespräch einleitete. Sie sagte, dass sie sich freue, so bald ihn wiederzusehen. Seit Častalowitz habe er die uneingeschränkte Sympathie ihres Vaters. Hingerissen von ihrer Natürlichkeit, beteuerte er, dass er ihn verehre. Der Boy auf dem Stahlstich diente ihm zum Vorwand, seine eigene Kindheit zu erwähnen. Es war, als sei er bestrebt, den Altersunterschied zwischen sich und Gabriele zu verringern. Er zögerte und starrte auf die Hindinnen und Löwen des persischen Teppichs. Und nun begann er, noch immer stockend, mit einem Saltomortale, wie die wache Stimme der Vernunft ihm sagte, einen Sprung ins Ungewisse: »Sie werden gehört haben, dass Pia, meine Frau, eines tragischen Todes gestorben ist. Ich habe ihr nachgetrauert, und es wurde mir schwer, mich dem Verhängnis zu beugen. Als ich so weit war, aus meiner Einsamkeit nach und nach herauszufinden, und den Gedanken erwog, der Entschwundenen eine Nachfolgerin zu geben, bin ich Ihnen begegnet, Baroness. Unter welchen Umständen es geschah, ist mir ein Beweis, dass in der Sinnlosigkeit ein Schicksal waltete.« Ihre Augen verdunkelten sich, und so fuhr er in Phrasen der Konvention fort: »Ich will Sie nicht drängen, Baroness. Aber seien Sie überzeugt, dass die Leidenschaft eines gefestigten Mannes beharrlich ist. Mit allem, was ich vermag, werde ich trachten, Ihnen und den Ihren ein Schutz zu sein.«

Sie blickte ihn frei an: »Ich danke Ihnen, Herr von Lessenberg. Zweifeln Sie nicht, dass ich Ihre Gefühle aufrichtig erwidere.« Dabei sah sie das Fichü der Französin vor sich, der Drouet[149], und sie musste dieses störende Bild verjagen, bevor sie sich wieder in Gläubigkeit sammelte. »Ich vertraue mich in allem meinem Vater an, der mir das Teuerste auf der Welt ist. Ach, da sind ja schon die Eltern mit dem Gustl.« Die Räder eines Wagens knarrten vor der Villa. Planegg eilte seiner Gattin und seinem Sohn voran, begrüsste Lessenberg und küsste Gabriele. »Wir hatten in Wiener-Neustadt Maschinenwechsel«, rief er, eine Stund' fast ist draufgegangen.« Er war bemüht, sich Lessenberg zu widmen, aber er ver-

---

[149] Der zweite Satz entspricht einer klassischen, heute kaum noch gebrauchten französischen Briefphrase.

riet unter krampfhafter Beflissenheit eine Anspannung, deren er nicht Herr werden konnte. Die Baronin streifte die bis oben zugeknöpften schwedischen Handschuhe ab und fixierte forschend den Besucher. Der Theresianist lächelte, als durchschaue er alles. Lessenberg empfahl sich.

Der Baron bat ihn ins Sacher, zu einem Frühstück. Sie hatten einen Tisch in der Enge, unweit des Büros der Inhaberin, das Vogelgezwitscher und Zigarrenrauch erfüllten. Als der Chablis aufgetragen war, goss Wagner, der Zahlkellner, ihn ruhvoll ein, und feierlich stiess Planegg mit Lessenberg an. »Sie wollen unsre Tochter zur Frau«, sagte er, »und da sie Ihnen zugetan ist, geben auch wir Ihnen gern unser Ja. Zwar wäre es mein Wunsch gewesen, mich nicht so schnell von Gaby zu trennen. Aber ich weiss, Sie werden Ihr alles Glück, das ihr das Leben bieten kann, gewähren.« Lessenberg stammelte Worte, die wie ein Gelübde klangen. »Mir scheint«, unterbrach ihn Planegg, »wir geraten da ins Konversationsstück und reden wie der Zeska und der Korff[150] im Burgtheater. Ich bin froh, mein Lieber, dass wir einig sind, und ich schätze Ihre Freundschaft.« Lessenberg sagte: »Es liegt mir daran, Baron, Sie völlig zu entlasten. Darum gestatten Sie eine direkte Frage! Welche Summe würde für die Sanierung Ihrer Güter erforderlich sein?« Der Baron sah nach der Stukkatur des Plafonds, die über dem Porzellanofen angerusst war. »Der Woger in Klagenfurt, mit dem ich gestern wieder konferiert hab', errechnet fünfhundert-

[150] Carl von Zeska (1862–1938), österreichischer Schauspieler, von 1892 bis 1932 am Burgtheater; Arnold Korff (1870–1944), österreichischer Schauspieler, von 1899 bis 1913 am Burgtheater. Beide erhielten den Titel eines k.u.k.-Hofschauspielers.

tausend bis sechshunderttausend Kronen.« Lessenberg
zuckte: »Sechshunderttausend stehen, sobald Ihr Anwalt
und der meine die Modalitäten vereinbart haben, Ihnen
zur Verfügung.« Planegg hört es verwirrt, denn schüt-
telte er ihm beide Hände. Die martialische Frau Sacher
wandelte vorüber und erkundigte sich, wie es der Baronin gehe. Zum Abschluss des Frühstücks spendete Planegg eine Flasche Heidsieck Monopol.

Sie fuhren gemeinsam nach der Maxingstrasse, wohin Lessenberg ein grosses Blumenarrangement bestellt
hatte, und von da mit der Baronin, die nicht verschwieg,
dass sie unsäglich zufrieden sei, und Gabriele hinauf zu
dem von der Sonne des Vorwinters beleuchteten Kah-
lenberg. Unter der verwelkenden Laubstreu pickten
hungrige Drosseln. Man speiste im Erkerzimmer des
Kobenzl[151]. Lessenberg sprach von seiner Mutter, der er
morgen nach Graz schreiben werde, und von seinem Vater und dessen Briefen. So erzählte er dem Verblichenen
eine Liszt-Episode nach: wie in einer Anstalt der Lunga-
ra eine mit wunderbarer Stimme begabte jüngere Irre zu
dem Maëstro gebracht worden sei und er, die ersten Tak-
te von Bellinis Arie »Casta diva« anschlagend, sie zum
Singen bewogen habe. Es habe sie für einige Minuten
aus ihrem seelischen Tod erweckt. Durch die Wimpern
Gabrieles rannen Tränen; und Lessenberg war von ihrer
Kindhaftigkeit zärtlich gerührt. Grau schimmerte, vom
silbrigen Gebüsch der Auen umrahmt, der Strom. Wie
ein riesiger Baum ragte der Stefansturm in der Ferne.
Dann entzündeten sich die Lichterzeilen der Stadtperi-

---

[151] Vermutlich das Schloss-Hotel Kobenzl am gleichnamigen
Berg im Norden Wiens.

pherie. Im Abenddunkel verschwammen die abgeernteten Weinberge, die Kogel des Wienerwaldes. Am Rand der steilen Höhe tauschten Gabriele und Lessenberg den Verlobungskuss.

In der erzbischöflichen Kapelle wurden sie an einem der letzten Tage des März getraut. Noch am Abend bestiegen sie den Triester Zug. Sie übernachteten im geräumigen Abteil sitzend, bis hinter Leoben die Neuvermählte sich auf das Polster lagerte und einschlief, trotz des durch den blauen Gazeschirm eindringenden Lichts. Nur ein paar Stunden sahen sie Triest, die Molen, die weissen Fassaden von körnigem Muschelkalk, den Neptun mit dem Dreizack, die Barken auf dem Canal Grande, die Kuppelkirche San Antonio. Dann trug der Dampfer sie über die ultramarinen Wellen der Adria. Immer blieb nahe das Land mit Inselgrüppchen und Halbinseln, bunten Häusern vor dem schmalen Grünsaum der Berge, niederen Toren, schluchttiefen Gassen, die steinerne Querbalken noch verengerten, Kastellen namenloser räuberischer Seetyrannen. Kreischend umflogen die Möwen das Schiff, schwärzliche Delphine tauchten, als wälzten sie sich im Übermut, empor.

Drunten keuchten in höllischer Glut die Motoren. Im Salon der ersten Klasse wurde gelacht und gesungen, eine Gusla begleitete kroatische Lieder, hörte zu schwirren auf, lärmte wiederum. Es war eine Hochzeitsgesellschaft aus Sbrnik, ein Korporal, der sich den Säbel abgebunden und seine Uniform gelockert hatte, die Augen schwer vom Dalmatinerwein, in seinem Arm die Braut, in weisser Seide mit dichtem braunem Schopf, aus dem sie Myrtenkranz und Schleier längst verloren hatte, der

Brautvater, die weiblichen Verwandten, Freunde und Freundinnen. Gelbrote Streifen flammten über der Bucht von Rab, über der Stadt mit den vier romanischen Türmen. Menschen umkreisten den Dampfer. Die Matrosen bewegten eine Treppe herab und nahmen die Fracht auf, die plumpen Koffer und Kisten, dann die mit schwankendem Schritt nachkletternden Passagiere. Die Hochzeitsgesellschaft hatte sich verabschiedet, schon lenkte eine Gondel mit ihr in den Hafen ein. Unruhiger wurde die Adria. Gabriele bettete sich in der Kajüte, in der es nach Maschinenöl roch. Bald nach ihr kam Lessenberg. Es war die Nacht, in der sie ohne Kampf, ohne Erinnerung in der wohltätigen Dunkelheit sich ihm hingab.

In der Frühe landete die »Miramar« vor Spalato[152], gegenüber dem Palast des Diokletian. Zwischen den Säulenkapitälen und den vermauerten Bögen, in denen Tauben gurrten, kämmten die Gevatterinnen sich das Haar. Kinder schrien und rannten über die unförmigen Steinstufen aus den Kellern ins Freie. Die schwarze Sphinx streckte ihren Rücken, die zwei Löwen unter dem Glockenturm kauerten vor der Kathedrale, in deren Kerzengeflacker Altar neben Altar stand, Kreuz neben Kreuz, und Weihrauch mit dumpfem Hall von Gebeten zusammenfloss. Gabriele suchte nach tulpenroten und rosaroten Korallenschnüren, nach kleinen Adriaperlen und filigranem Goldschmuck in den Läden am Viereck des Peristyls. Die dreitausend Bewohner des Palastes zerstreuten sich auf dem Wochenmarkt. Krüppel hockten im Schatten eines römischen Sarkophags, an dem für die Wissbegierigen eine Wa[a]ge aufgestellt war. Verkäufer

---

[152] Italienischer Name der kroatischen Stadt Split.

von Gefrorenem priesen ihr »sladolet« an. Teppiche, Opanken[153], Eier, Fische, Gemüse, Kirschen, Blumen, alles war in den Holzschragen aufgehäuft. Männer mit roten Tellerkappen[154] und roten Troddeln an den bestickten, mit Silberknöpfen verzierten Westen, Männer mit roten Leibbinden, in blauen Hosen, hie und da in Mänteln, schlenderten stolz umher. Bestickt waren die kurzen Bolerojacken der Bäuerinnen, ihre weissen oder gemusterten Kopftücher, ihre Socken. Rote Bänder waren durch ihre mit Silberknöpfen beschwerten Zöpfe geschlungen. Goldmützen bedeckten ihre Stirn. Sie hatten handgewebte Schürzen aus Schafwolle. Von widerspenstigen Eselinnen schwangen sie sich auf das krumme Pflaster, und im Eselsattel traten sie, als der Mittag über Spalato brütete, auf staubiger Landstrasse den Heimweg an.

Die Sonne kochte die Erde, die Disteln, die Opuntien[155], die stachligen, stumpfgrünen Blätter der Agaven, die ihre verdorrenden Blütenschäfte gegen den Himmel reckten. Salona lag hier inmitten der Felder, die römische Trümmerstadt mit den Ruinen ihrer Bäder, ihrer Tempel, ihrer Basilika. Vor dem Amphitheater plätscherte ein Quell. Weisser, violetter, gelber Oleander verschmachtete in der brennenden Einöde. Die Omnibusstation an der Chaussee war eine Gastwirtschaft. Zwei Gendarmen, der Postbeamte, drei oder vier Bürger tranken ihren Gespritzten und begafften die Kellnerin, ein grosses Weib mit starken, schönen Gliedern und einem lauern-

---

[153] Sandalenartiger, flexibler Schuh ohne Absatz, oft mit schnabelförmig aufgebogener Spitze.
[154] Schirmmützen.
[155] Pflanzengattung aus der Familie der Kakteengewächse.

den Hexengesicht, eine Russin. Fliegen summten in der Wirtsstube, in der kolorierte Drucke auf Zeitungspapier hingen, ein habsburgischer Erzherzog vor ungarischen Magnaten, ein General zu Pferde, der Infanterie unter wehenden Doppeladlern gegen den Feind stürmen liess, ein Balldrama zwischen Spaniern, die sich mit dem Messer bedrohten, von Señoritas angefleht. Die Russin erzählte einem Kaufmann, der sie betastete, sie habe nach ihrer Flucht ins Ausland in Wien studiert und sei dort viele Jahre verheiratet gewesen. Die Not habe sie hierher verschlagen, und dennoch könne die Gendarmerie sie jederzeit abschieben. Sie reinigte das Büffet, von dessen Platte Weindunst aufschwebte, und zwinkerte Lessenberg zu. Kein Zweifel, dass sie log. Gabriele fühlte: In dieser Abenteurerin war die Schamlosigkeit des Körperlichen, von dem sie gestern kaum noch wusste, das verborgene Leben, an dem nun auch sie teilhatte, seit sie Frau war. Sie war bestrebt, den Blick Alfreds zu vermeiden, und ihre Knie zitterten.

Etwas über zwei Wochen hielten sie sich in Ragusa[156] auf. Sie wohnten in der Pension Maximilian an der Straße von Ploče Sveti Jakob, eine Viertelstunde von der Altstadt. Ein kleiner Küstenpark war davor gepflanzt, mit Terrassen, Gittern, Pfosten, steinernen Hütten, die Ziegeldächer hatten, und mit Mauern wie durch Weinberggelände. Zypressen, Magnolien, Erdbeerbäume, Oleander, Glyzinien, Agaven, Hecken von Granatäpfeln, Orangen- und Zitronenspalier wuchsen in der tropischen Wildnis. Auf schroffem Pfad stieg man zum Meer

---

[156] Italienischer Name der kroatischen Stadt Dubrovnik.

ab. Fischer, ein bärtiger und ein junger, ruderten die Fremden über die plätschernde Flut nach Lacroma[157].

Träg holte, als Gabriele und Alfred zum ersten Mal sich in die Siedehitze um das Pločer Tor wagten, der Hammerschwinger des Uhrturms zu zwölf Hieben aus. Ferne Vergangenheit waren der Rektorenpalast mit der kunstreichen Pracht seiner Säulen, die Dogana, die Barockkirche des heiligen Vlaho und der Dom mit ihren Freitreppen, die Brunnen des Onofrio, die Winkel über der Stradone. Im Schatten des Franziskanerklosters, unter den Arkaden, mischten der Apotheker und sein geistlicher Gehilfe Arzneien und Drogen. Um die zerbröckelnden Fresken, die Demut und Glorie des Ordensstifters kündeten, wurden kostbare Geräte von frommen Handwerkern geputzt und scharf duftende Lorbeergirlanden zu Buchstaben geflochten. In üppigen Farben blühte zwischen Palmen der friedvolle Gartenhof. Aus der Kirche hörten sie Gesang, Orgelvariationen und die süsse, bebende Inbrunst der Geige.

Es wurde Abend. Durch die Gassen sausten mit schrillem Gezwitscher die Schwalben, so jäh hinunterschiessend, dass Gabriele glaubte, sie könne sie fangen. Das Portal der Franziskaner gleisste im Glanz einer Illumination auf. Die Forts der Felsen, die Türme, die Ringmauern waren von Lichtern eingefasst. Im sanften Wind, der Kühlung spendete, rauschten die Wipfel. Durch die weiche, warme Finsternis schritten sie der Pension zu. Sie hatten die mittlere Balkonstube im Oberstock, mit der Aussicht auf das Meer, das klatschend an die Klippen heranrollte. Aber bevor sie die Tür öffneten, schlichen sie verstohlen sich an den Strand, um in der lauen

---

[157] Italienischer Name der Insel Lokrum.

Nacht, die nur der Mond erhellte, zu baden. Er sah sie vor sich stehen wie in Gastein, und indem er sich von dem Wunsch erlöste, der nie in ihm verstummt war, überfiel er sie. Der Mond glitt durch Gewölk, die Sterne brachen hervor und strahlten in das Balkonzimmer. Es gab nichts in der Welt als diesen hochgebauten Raum und dieses weisse Lager, nichts als den Schlaf nach ihrer Umarmung. Dann zehrte die Sonne des Tages die treibenden Wolken auf.

Demetrio, der Bärtige, fuhr sie nach Lacroma. Sie gingen die verlassenen Uferwege entlang, in deren Gebüsch die Mastixpistazie häufig war, die Myrte, der Wacholder. Unversöhnlich drohend murrte die Brandung, die alles Leben der Insel überlebte. Hier hatten der Kaiser von Mexiko und Rudolf, sein Neffe, den Geschicken, die ihnen gewaltsamen Tod brachten, entgegengeträumt. Aleppokiefern bewachten das Schloss, das später in ein Benediktinerkloster umgewandelt worden war. Nur noch ein Echo der Klagen, mit denen büssende Seelen Gott angerufen hatten, geisterte in den Zellen zu beiden Seiten der Halle. In der Armut der Fürstengemächer mahnten die seltenen Möbel, wacklig, ohne Firnis, von Staub zerfressen wie im Speicher eines Trödlers, blasse, unwahre Familienphotos und Bodengerümpel, das in diese Abgeschiedenheit verbannt war, an verschollene Menschen und Dinge. Neben einem Steg, dessen Bohlen faulten, wartete der Fischer.

Sie machten auch eine Dampferfahrt in die Bocche hinein, bis zu dem von senkrechter Bergwand überwuchteten Cattaro[158]. Draussen an der Marina assen sie,

---

[158] Italienischer Name der montenegrinischen Stadt Kotor. Bocche, gleichfalls italienisch, bezeichnet hier die Bucht von Kotor.

unweit von drei geschminkten Weibern in zerknitterter Gala, die ergrimmt und misstrauisch waren wie abgedankte Schauspielerinnen. Das Tor an dem kümmerlichen Garten der Gemeinde war der Durchlass in die Stadt. Von zwölf bis drei Uhr hatte Cattaro Siesta. Es schien, als habe eine Seuche es verheert und die Kirche des Ortsheiligen mit ihren beiden Turmungetümen. Kein provinzieller Korso, kein Bronzeklopfer, den man rütteln konnte. Keine Schelle, die antwortete. Wappen, gotische Fenster, die Skulptur eines Arztes in Perücke, mit verschnörkelter lateinischer Inschrift am Sockel. Katzen fauchten aufgescheucht, mit grünlichem Glimmern um die schrumpfenden Pupillen. Eine warf, mit Gier fressend, die Bratpfanne in der ausgestorbenen Küche einer Wirtschaft herab, die eine Grube war. Eine Greisin schlurfte durch eine Berggasse in eine Höhle. Ein Schneider, ein Serbe aus Nisch, wie Lessenberg dann feststellte, erbot sich die Stadt zu zeigen. Er hatte, so fand Gabriele, die sich vor ihm fürchtete, den Blick eines Wahnsinnigen. Um drei Uhr wich nach und nach die Verzauberung. Schlüssel wurden gedreht, Riegel zurückgeschoben, die Spezereihandlung legte Stücke von Thunfischfleisch aus, der Friseur schabte seinen Kunden und scherzte mit den Mägden, die das kalte, unterirdische Wasser schöpften. Hart schnitten hinter dem Dampfer, der wieder nach Norden fuhr, in die gigantische Masse des Lovćen die klaffenden Linien der Serpentinen sich ein.

In der dritten Woche reisten sie von Ragusa über die Herzegowina ab. »Du wirst jetzt viel von der Gegend lesen«, sagte Alfred, als er im Maximilian die Rechnung beglichen hatte und die Droschke mit ihnen zur Station rumpelte, zu Gabriele. »Im August, am Geburtstag des Kaisers, soll die Annexion Bosniens bekanntgegeben werden.«[159] Er selbst hatte Bücher und Akten bei sich, Material des Aussenministeriums, und verwahrte es mit Sorgfalt in einem der Koffer. Über die Schienen des Bahnhofs von Gravosa[160] stolperte, von ihrem Kind umklammert, eine Mohammedanerin mit schwarzem Tuch vor dem Antlitz. Die Frauen mit den schwarzen Tüchern waren zahllos in Mostar. Sie hausten in den Harems auf den blauen Holzveranden von Gebäuden, denen die Strassentür fehlte. So eilten sie auf den Brücken der Narenta[161] dahin, der höheren zumal, der alten, die über die Tuffblöcke des Flusses, über die schäumenden Strudel wie der Eingang zum Orient sich spannte. Die Fremden sahen in den Rinnen und den Wasserbecken der alten Dzamijen[162] die Muslime sich Gesicht, Hals und Mund, Hände und Füsse reinigen. In der Kotlineva war ein Zürgelbaum[163] das Obdach der Turteltauben. Dohlen nisteten um die Moschee des Kejvan Beg. Vom Minaret der Hauptmoschee näselte der Muezzin sein Stundengebet.

[159] Der Geburtstag Franz Josephs I. wäre am 18. August gewesen. Tatsächlich wurde die Annexion der zum Osmanischen Reich gehörenden Provinzen Bosnien und Herzegowina durch Österreich-Ungarn erst am 4. Oktober, dem Namenstag des Kaisers, bekanntgegeben und einen Tag später vollzogen. Sie erzeugte eine Kettenreaktion, in deren Folge Österreich empfindlich geschwächt wurde und fast in einen Krieg hineingeraten wäre. Die sogenannte Bosnische Krise und die mittelbar darauf zurückgehenden Balkankriege von 1912 gehören zur Vorgeschichte des Ersten Weltkriegs.
[160] Italienischer Name des heutigen Stadtteils Gruž im Nordwesten von Dubrovnik.
[161] Italienischer Name der Neretva, des Hauptflusses der Herzegowina.
[162] Von Džamija, kroatisch für Moschee.
[163] Auch Nesselbaum, Gattung der Familie der Hanfgewächse.

Auf einem von Gras, Rosen und Efeu überwucherten Begräbnisplatz neigten die Gedenksteine sich ordnungslos zu Boden, Pfähle oder Keulen, von Turbanen gekrönt die der Männer. In einer Kafana[164] klapperten Kännchen von Kupfer oder Messing. In Stambul hatte Lessenberg gelernt, den im Mörser gemahlenen und gesiebten Kaffee aufzubrühen, und mit Weisheit betrachteten seine Verrichtung die Einheimischen. Im Hotel Narenta wimmelte es von österreichischen Offizieren. Der Ausschreier eines Zeltzirkus posaunte in den Nachthimmel unter dem Berge.

Am nächsten Mittag gingen sie durch die Tscharschija, den Basar von Sarajewo. Die Schuster hatten ihre Bretterbuden, auf denen sie Sohlen flickten, die Sattler, die Ziseleure, die Teppichhändler, die Fruchthändler, die Zuckerbäcker, die Töpfer, die Drechsler, die Köche, die Metzger, an deren Eisenhaken Hammel baumelten, noch kenntlich an den blutenden Schädeln. Der Kai der Miljatschka war mit europäischen Häusern besetzt. Von der Lateinerbrücke[165], an der bebrillte Studenten durcheinander liefen, bog die Franz-Josef-Strasse in das neuere

---

[164] Kaffeehaus, in dem auch alkoholische Getränke und einfache Speisen angeboten werden.
[165] Nahe dieser Brücke erschoss am 28. Juni 1914 der bosnische Serbe Gavrilo Princip den österreichisch-ungarischen Thronfolger Franz Ferdinand und dessen Frau Sophie. Das Attentat gilt als Auslöser des Ersten Weltkriegs. Wiegler hat die Vorgänge in mehreren Texten zum Teil mit dokumentarischer Genauigkeit geschildert, so etwa in seinem Buch »Verräter und Verschwörer. Große und kleine Dramen der Weltgeschichte« (1937). Eine knappere Darstellung gibt er in den undatierten, aufgrund darin erwähnter zeitgeschichtlicher Ereignisse aber auf 1931 datierbaren Reiseaufzeichnungen »Durch Südost-Europa« (Paul-Wiegler-Archiv 343).

Geschäftsviertel ein. Die Hügel trugen Mauerwehren und dräuende Bastionen. Aber das Bild von Sarajewo zerstob im Geröll der Klüfte, als Hirten und Hunde den grauen Schafherden in den unergründlichen Mond folgten, immer weiter hinauf, zum letzten Bach, der in erschreckender Einsamkeit versickerte.

»Wir werden die Mama überraschen«, hatte Alfred gesagt, als sie in Agram[166] bei zuckenden Blitzen und krachendem Donner in den Expresszug nach Budapest kletterten. Nun befanden sie sich am Ziel und fuhren auf den Donaukai, die Kettenbrücke, den Ofener Stadtbezirk zu. Die königliche Burg stieg empor und unter ihr, an der Fischerbastei, die maurische Krönungskirche. Eine Gesellschaft, in der lichtblaue Generalsuniformen waren, Kammerherrenmäntel in bordeauxrotem Sammet und grosse Roben meist nach der vorjährigen Mode, geleitete ein hochzeitliches Paar zu dem Platz um die Pestsäule hinaus. Tröpfelnder Regen überzog mit dünner Glasur die Stufen. Kichernd hoben junge Mädchen die Hände zu ihrer Frisur, um sie vor der Nässe zu schützen.

Die Mama wohnte in der Batthyanygasse, in einem ockergelben Barockhaus. Das Tor stand weit offen. Die Passanten hatten durch die Scheiben der Portierloge einen Durchblick in den Garten, in dem neben einem Wagenschuppen ein Pfau sein goldgesprenkeltes, grünblaues Rad entfaltete und die Pfauhennen misstönend durcheinanderriefen. Alfred liess sich von der beleibten Pförtnersfrau, die ihn abfangen wollte, nicht anmelden. Er führte Gabriele über eine Wendeltreppe in das Innere des Hauses und klopfte droben an einer Tapetentür.

[166] Deutscher Name Zagrebs.

Er traf seine Mutter in ihrem Besuchszimmer auf einem Récamier-Sofa liegend an, und erst als sie erwachte und ihre Mienen sich glätteten, verschwand um ihre in aller Welkheit schönen Lippen ein Hauch von Trotz und Bitterkeit. Gabriele sah genau in dieses feine Gesicht mit den ruhelos sich bewegenden Nasenflügeln. Jeder Gemütszustand, so schien ihr, kam darin zu unverfälschtem Ausdruck, die eifernde Liebe zu ihrem Sohn, der Wille, Gabriele zu gefallen, und dennoch das Bestreben frauenhafter Eitelkeit, sich selbst aus der Mitte nicht verdrängen zu lassen. Sie reckte den Kopf, als sei sie sich zu klein, zu zierlich. Das Kinn trug sie höher als den Iphigenienknoten ihres schwarz gelockten Haars. Aber von den Brauen bis zur Mundpartie ging eine zarte, ungebrochene Linie. Sie ist fast siebzigjährig, dachte Gabriele. Alt indes war nur ihr Blick, ohne Sicherheit auch unter den Gläsern der Lorgnette, die sie nervös handhabte. Wie Asche sank es auf ihre brennenden Augen.

Sie fragte die beiden nach Reiseerlebnissen und behielt sie zur Jause da. Drei der Bávanys nahmen daran teil, nicht Aranka, die an einen Obergespon verheiratet war, sondern die Schwestern Böske[167], Agota und Sári[168], voll eines Übermuts, der, von Marillenschnaps entfacht, ins Alberne abglitt. Eine Wand des Zimmers bedeckten Aquarelle. Unermüdlich hatte Ilona sie gemalt, als sie noch auf dem Familiengut im Hortobagy[169] regelmässig einen Sommermonat verbrachte. Phantasie war in diesen Bildern, die sie dort aus dem Stegreif schuf. Sie hatte den Gutshof wiedergegeben, ein Maisfeld davor, Mau-

---

[167] Diminutiv von Erzsébet (Elisabeth).
[168] Diminutiv von Sarah.
[169] Pusztagebiet in Ungarn, größte Steppe Mitteleuropas, heute

ern, an denen die prallen Kolben niederhingen, die saft-
grünen Wiesen im rötlichen Abendlicht, die aus Stangen
gebauten Hütten, unter denen das Feuer schwelte. Die
Heidebrunnen mit dem steilen Winkel der Schwengel,
die Hirten in ihrer Schuba aus Tuch oder ihrer Bunda,
dem Fellmantel, dessen weisse Lederhaut nach aussen
gekehrt war und bunte Schnüre und Riemen in Spira-
len und Blumen als Ornamente aufwies. Truthahnfedern
hatten sie an den Rundhüten, Jacken über den Hemden
und weisse, von Erde verschmutzte Beinkleider mit flat-
ternden Fransen. Die Rosshirten, die Csikos, ritten auf
ungesattelten Tieren, um deren Hals statt des Zügels oft
nur ein Strick lag. So sprengten sie, mit der Peitsche knal-
lend, den Pferdetrupps nach, die wiehernd, die Mähnen
zerzaust, über die Steppe dahinstürmten. Ilona hatte
auch ihre langgehörnten Rinder gemalt und ihre Hunde,
die hellgrauen Kuvasz und die dunklen Pulis; und einer
von ihnen kauerte ihr zu Füssen, blind durch die wirren
Zotteln des schwarzen Pudelhaares. Am vertrautesten
war ihr das Motiv der Csarda[170] aus weissgetünchtem
Lehm zwischen Akazien, mit einem Vordach, unter dem
Zigeuner musizierten. Störche und Kraniche schwangen
sich darüber hin. Auf Tisch und in Schränken im Flur
war Bauernkunst verstreut, mit Fohlenhaut bespannte
Hirtenflaschen, Krüge, Tonteller, Pantoffeln mit Tulpen
von rotem Leder, Holzpuppen, gestickte Schürzen und
Mieder und in der Küche, in der die betagte Köchin das
Nachtmahl vorzubereiten hatte, weihte die Frau des
Hauses Gabriele, bald ihre Jugend vergötternd, bald in

Nationalpark.
[170] Gasthaus.

einer seltsamen Anwandlung von Kälte, in das Aroma des gerösteten Paprikas ein.

Sie räumte für die Gäste ihr eigenes Schlafzimmer um und begnügte sich mit einem Kabinett. Sie füllte ihre Budapester Woche mit einem Wirbel der Freuden aus. Die Manege der Hofreitschule liess sie sie betreten. Kavallerieoffiziere richteten schlanke Zelter ab, Braune und Schimmel vom Schneeweiss der Wiener Lipizzaner. In der Lohe, unter dem Paneel der Arena, unter Spiegeln schwebten sie dahin, auf die leiseste Hilfe des Reiters reagierend. Zweimal schlugen ihre Hufe beim Trab, dreimal beim Galopp. Sie zeigten die Piaffe, den Trab auf der Stelle, die Rhythmen der Pirouette, die Capriole und die Croupade, die fliegenden Gangarten der Schule über der Erde, und bebend stiegen sie zur Levade an. Man speiste im Hungaria am Donaukai oder im Jägerhorn. Man sass bei Gerbeaud, dem Pariser Konditor, im Königspavillon des Stadtwäldchens. Unter den Bäumen trauerte das Denkmal des der Welt abgeschiedenen Asketen, des Mönchs in Kutte und Kapuze, des gesichtslosen Unbekannten. Ein luxuriöser Garten war die Margareteninsel mit ihrem Grasteppich, ihren Blütenhainen, dem Sturzbach der Schwefelquelle, den schwimmenden Blättern der Wasserrosen. Durch die Alleen der Andrassystrasse brausten die hupenden Autos, vorbei am Reichtum der Villen, vorbei an der Oper.

Dann klopfte im Prunksaal der Dirigent mit seinem Stab auf. Das Orchester zelebrierte den Rákoczi-Marsch mit Trompetenfanfaren, Piano der Flöten und Klarinetten, Pizzicato der Streichinstrumente, dumpfem Trommelgedröhn, das Kanonenschüsse nachahmte. In zuckendem Aufruhr schleuderte es das verzögerte Fortissimo hervor. Sie sahen eine Posse im Lustspieltheater und eine Revue im Orpheum. Die Masse brandete über das Oktogon. Zigeunerknaben bückten sich, Geigen im Arm, vor den Rampen der Restaurants und suchten nach dem Kupfergeld, das die Satten ihnen achtlos hinwarfen.

Alfred hatte für einen der Abende ein Zusammensein mit einem Herrn von Medianszky, der zur selben Zeit wie er Legationssekretär in Madrid gewesen war, im Gentry-Kasino verabredet. Gabriele war auf Stunden mit der Mama allein. Sie legte sich um zehn, da sie unpässlich war. Sogleich setzte die Mama sich zu ihr, merklich gespannt, als habe sie nicht erwarten können, dass ihr Sohn sich entferne, die Herbheit, die sie sonst bewusst wegwischte, um die Lippen. Sie war dabei, von Rom, von Pio Nono, von Alfreds Kinderjahren zu erzählen, als sie heiser begann: »Ich muß dir etwas sagen, kleine Gaby. Es geht Pia an. Zwar wollte ich es auch dir verschweigen, aber manchmal, wenn die Heimlichkeit mich zerfrisst, wenn mich die Kraft verlässt, kommt mir das alles so zwecklos vor. Du liebst deinen Mann sehr, ich spüre es, und sollst statt meiner der gute Genius Alfreds sein.« Gabriele stammelte: »Bitte, Mama, ich werde dich nicht enttäuschen.«

Ilona sagte: »Ahnst du, wie Pia aus dem Leben ging? Da war ein Arzt vom Rettungsdienst, ein Doktor Vajda, ein Ungar, den die Blaha, die Wirtschafterin, an dem Sonntag nach Mitternacht auftrieb. Er war vielleicht Morphinist, elend durch Hunger, verwahrlost. Auf dem Totenschein hat er Herzschwäche als Ursache bezeichnet. Ich habe, als er drunten läutete, die Schlafmittel, die Pia sich aufgespart hatte, weggenommen. Es hat so viel gefehlt, dass an Selbstmord nicht zu zweifeln war. Ich habe den Menschen, der von ihrem Bett zum Tisch nur so taumelte und Mühe hatte, deutlich zu sprechen, durch meine Angaben weiter irrgeführt, und so schrieb er und hat es nachher am Telefon bestätigt. Alfred hat es geglaubt: Nun trachte, dass er es auch künftig glaubt. Sein Schmerz über den Verlust Pias darf sich nicht erneuern. Gelobe mir das!« Gabriele rang um Fassung. Da hörte sie Alfred an der Tür. Er war auf Zehen geschlichen, um sie nicht zu wecken. Mit dem Blick prüfte er seine Gattin und seine Mutter, und ein Rest von Argwohn liess sich auch später nicht verjagen.

Nach zwei Tagen reisten sie ab. Vom Ostbahnhof fuhren sie über Raab und Bruck an der Leitha nach Wien. Ilona mit den plappernden Schwestern Agota und Sari blieb bis zur letzten Minute neben dem Waggon. Im Bogen schwenkte sie zum Signal ihre seidene Tasche, deren Silberspange schadhaft war. Von hinten ächzte auf dem benachbarten Geleise, in Russ gehüllt, ein kurzer Rangierzug heran. Die Tasche sprang auf, was sie in sich barg, fiel auf die Schwellen des Bahnkörpers rechts von dem Standort Ilonas. Der Zug zerrieb ein Armband mit kostbaren Diamanten. Sie wurden, im Steinschotter zerquetscht, zu glitzerndem Staub. Ilonas Augen sahen das nur durch einen grauen Schleier. Dann begriff sie. Sie schluchzte und wandte, von dem kläffenden Puli gehemmt, sich um.

Ein halbes Jahr lag die Übersiedlung in die Wohllebengasse zurück, in der Lessenberg ein Haus im Villenstil, mit einem Garten daran, gemietet hatte. Es bot Gabriele eine veränderte Umgebung, und doch war sie ihr von früher bekannt. Die Wohllebengasse war nicht fern von der Gusshausstrasse, in der, wie sie von ihrem Vater wusste, Makart sein Atelier gehabt hatte. Planegg hatte es oft von innen gesehen. Er hatte auch zu der Komparserie des historischen Festzugs[171] gezählt, unter den Jägern aus dem Adel, in der Tracht eines Falkners, und wenn er jetzt an der wie verwunschenen Nummer fünf vorüberkam, vergegenwärtigte er sich die Nächte, in denen das Volk an der Auffahrt Spalier stand.

Blieb sie gegen Mittag allein, so ging Gabriele der Heugasse zu. Die Promenaden im Schwarzenbergpark oder im Belvederepark waren verschneit oder verschlammt, die Bänke von stockenden Pfützen durchnässt. Um die Kegel von verschnittenem Buchs, die Hecken und Kulissenwände von Taxus, die Wassergottheiten in ihrer Nacktheit, die geflügelten Greifinnen mit den Frauenköpfen und Frauenbrüsten, die Grotten, Teiche, Terrassen und Treppen, die weiten Flächen war winterliche Öde. Vor dem Abschluss der Dekoration, der siebenteiligen Front des oberen Belvedere, stauten sich die Kutschen der offiziell Vorgeladenen, und manchmal, bei trübem Himmel, brannte im Mitteltrakt Licht. Von Sankt Moritz zurückgekehrt, wohnte Franz Ferdinand da, der Nachfolger des Greises, der am ersten Dezember im illuminierten Wien sein fünfzigjähriges Herrscherjubiläum gefeiert hatte, mit Hochamt in der Pfarrkirche der Burg, Festgottesdienst im Stefansdom und Théâtre

---

[171] Der sogenannte Makart-Festzug am 27. April 1879 fand aus Anlass des 25. Hochzeitstages von Kaiser Franz Joseph I. und der Kaiserin Elisabeth statt. Besonderen Eindruck machten, obwohl sie nur einen Teil des Umzugs bildeten, die von dem Erfolgsmaler Hans Makart gestalteten Prunkwagen mit über 2000 Teilnehmern in Renaissancetrachten.

paré, und der diesem Nachfolger und dem Chef des Generalstabs sich störrisch widersetzte. An die Heugasse grenzte auch das Theresianum. Dort konnte Gabriele ihren Bruder, den Maturanten vom Herbst, nicht mehr suchen. Er diente als Einjährig-Freiwilliger in Linz, von Sorgen in die Garnisonsstadt begleitet.

Es waren für Gabriele Wochen des Bangens. Was ihr Alfreds Mutter über den Tod Pias gebeichtet hatte, belastete sie. In einem Aufruhr des Gefühls, der nur nach und nach abklang, verhehlte sie es Alfred. Und sie zitterte vor einer plötzlichen Verwicklung, die ihre Kraft zerbrechen würde. Er mochte empfinden, dass sie ihm etwas verschwieg, und fragte sie nicht. Und wenn seine eigene Stimmung sich hin und wieder verdüsterte, so geschah es unter dem Druck der Zeitsituation. Der März brachte den bedrohlichsten Konflikt mit Belgrad. Lessenberg hörte, was zwischen Burg und Belvedere sich abspielte, zugleich mit dem Minister. Der Chef des Generalstabs hat dem Kaiser den Aufmarschplan gegen Serbien unterbreitet und bittet, ihn zur Vorarbeit für eine Mobilmachung zu ermächtigen. Noch zaudert Franz Josef. Nach drei Tagen befiehlt er, Verstärkungen nach Bosnien und der Herzegowina zu entsenden. Die Reserven werden einberufen. Schon befürchtete die gesamte Öffentlichkeit Krieg am Balkan und durch ihn einen Weltkrieg. Der Baron und die Baronin Planegg und mit ihnen Gabriele [fuhren] zum Abschied von Gustl, falls auch dessen Regiment ausrücken sollte, nach Linz. Bis Sankt Pölten war der Zug überfüllt von Menschen, die in Torheit lärmten oder dumpf verzweifelten.

Das Kupee teilten sie mit drei Militärs in Zivil oder auch Herren vom Kriegsministerium. Planegg vermied eine gegenseitige Vorstellung. Die Herren sprachen, nicht allzu leise, von den Maschinengewehrkolonnen, mit denen die Truppen ausgerüstet werden sollten, von Feldtelefonen, Winkerflaggen, Signallaternen, der Feldkanone H 5 und den Feldhaubitzen, dazu von einer Luftschifferanstalt und einem Automobilkader. Die k. und k. Armee schien für den Krieg so gut wie fertig zu sein. In Amstetten stiegen die drei aus. Bei Orangen, Giesshübler[172] und Vermouth täuschte man sich über die letzten Viertelstunden hinweg. Der Zug rollte in den Linzer Bahnhof ein. Rasch ermüdet wie immer, sagte die Baronin, sie werde im Hotel warten, bis Gustl des Dienstes ledig sei. So fuhr Gabriele mit dem Vater im Einspänner zur Landwehrkaserne, über die Spitäler hinaus, am Rande des Exerzierplatzes.

Am Kasernentor standen zwischen den Posten ein junger Leutnant, schmächtig, dunkel wie ein Südländer, Zigarette rauchend, eine Bäuerin mit Kopftüchel und ihr Sohn. Er war zu ihr herausgeholt worden, weil sie um ihn jammerte. Sie kam mit Esspaketen, Tabak, Leibbinden und Stutzeln[173], darauf erpicht, ihn zu beschenken. Endlich war er erschienen, gleichgültig, da er glaubte, das sei forsch, hatte er sie begrüsst: »Ja, was wüllst denn du hier?« Das hatte sie getroffen, und still weinte sie vor sich hin. Soldaten schoben sich durch das Strassentor und durch das braune, niedere. Von Soldaten voll waren die weissgetünchten Mannschaftszimmer. Die Eisenbetten hatten sie mit Strohsäcken, Wolldecken und Kissen von Zwillich, die Planken darüber mit Essnapf, Tornis-

---

[172] Böhmisches Mineralwasser.
[173] Handschuhe ohne Finger.

ter, Patronentasche und einem zum Wechseln bestimmten Paar Stiefel von glänzend gewichstem Rindsleder bepackt. Es roch in den Stuben nach Hirschtalg und allen erdenklichen Dünsten.

Planegg fand Gustl im zweiten Hof. Soeben hatte der Korporal Rekruten und Freiwillige, die nachzuexerzieren hatten, im Gebrauch des Bajonetts gedrillt, indem er sie den Fangstoss lehrte. »Sauhaufen! Abtreten!« Als letzter stürzte Gustl in den langen, hallenden Flur. Planegg eilte ihm nach. Das Wiedersehen erregte ihn sicherlich. Er hatte Tränen in den Augen, dann zeigte er heftige Freude. Er umarmte Gabriele. »Die Mama ist noch im Hotel«, sagte Planegg. »Beeil' dich, dass dein Hauptmann dir Urlaub gibt. Oder besser, ich red' mit ihm.« In fünf Minuten waren sie wieder da. »Bis zum Zapfenstreich kann ich in Linz drahn[174]«, lachte Gustl. Sie durchquerten zusammen die Höfe. Gabriele warf einen Blick in die Kantinen. An einem Kellerfenster hieb ein Hornist gegen sein blitzblankes Instrument, dem Speichel enttroff. Es wurde geflucht und im Zorn gebrüllt. Überall war eine Nervosität spürbar, Anmassung der Befehlenden und Murren der Subalternen, die grosse Unsicherheit, ob nicht schon morgen das alles jählings auffliegen werde, sobald über die Dächer der Kriegsalarm gellte.

Sie verliessen die Kaserne und gingen durch das Tor, an dem der junge Leutnant vor Gabriele beflissen salutierte, zu einem Fiaker. Harrachstrasse, Landstrasse, Karmelitenkirche, Ursulinerinnenkirche, der zweitürmige alte Dom und, leerer als in den Morgenstunden, wenn die Marktfrauen von ihren Hundekarren Obst, Blumen

[174] Ausgiebig feiern.

und Gemüse abluden, der Franz-Josefs-Platz mit der goldenen Strahlensonne, den Engeln, dem geballten Gewölk der barocken Dreifaltigkeitskirche. Gustl sprang die Stufen zum Hotel hinauf und hängte sich wie als knabenhafter Zögling an den Hals der Mama. Bei Tisch erwies sich, dass nichts als Gerüchte zu ihm gedrungen waren. Er schimpfte auf die laschen Reservisten, aber nicht weniger auf den Kommiss. Und auch das Rechtsstudium, dem ihn das Einjährigenjahr entrissen hatte, missbehagte ihm. Er sollte wie viele Theresianisten Diplomat werden. »Wie mein verehrter Herr Schwager, net wahr? Und wie sein hoher Chef, der Aehrenthal. Der hat schon seine Meriten. Aber was tun's schon leisten, die Herrschaften? Ohne das bissl Falschheit is mit ihrer ganzen Kunst nix. Der Seyffertitz, der Rudi, geht von hier nach Frist an die Nautische Akademie. Dos wär' auch für mich was.« Er wurde rot bis über die Ohren, als er fragte: »Darf ich nachher auf ein Momentel verschwinden? Die Fähnriche hab'n da ihr Stammcafé, ich würd' sie gern überraschen und eine Melange mit ihnen trinken, erlaubt's ihr?« Die Mama bejahte, als er sie streichelte, mit duldsam strafendem Gesicht. »Aber erst lass' uns schau'n, wie du wohnst«, sagte Planegg.

Gustl führte sie in sein Privatquartier in einem bürgerlichen Haus der Bethlehemstrasse, gegenüber dem Jesuitenkollegium. Sein Zimmer im Erdgeschoss, bei der Witwe Rauschenblatt, war ordentlich, mit, wie Planegg schätzte, echten Biedermeiermöbeln. Die kleine, mit Bosheit lächelnde Magd, die hinter den Eltern des Mieters die Korridortür schloss, raunte Gabriele zu: »Das Bubel hat a Liebschaft mit der Franzi bei der Gluck!« Und dabei sah sie in die Ecke, nach dem Kleiderrechen[175]. Gustl hastete davon, um punkt fünf Uhr, wie er versprach, im Hotel zu sein. Planegg dachte an eine Eskapade mit seiner Tochter wie in Klagenfurt. Aber die Baronin wollte seine Gesellschaft, und so wanderte Gabriele einsam durch die Gassen von Linz. Spatzen umschwirrten die Bäume und Büsche um die steile Säule, über der sich die Figur des gegeisselten Christus erhob, vor dem Landhaus und der Statthalterei: Das enge Idyll des Minoritenplatzes, der Hofburg mit den Kragsteinen, dem Sgraffito, der Renaissancefassade der Blauen Gans, die Laubenbögen und Erkeraufbauten der Badgasse taten sich auf. Das Schild einer Zuckerbäckerei nannte den Namen der Inhaberin Veronika Gluck. In dem Lokal sassen uniformierte junge Leute. Einer von ihnen war Gustl. Er tänzelte durch den Nebenausgang einem Mädchen nach, das mit seinem gewaltsamen Blond, den kohlschwarzen Wimpern und dem Rouge auf den Wangen Gabriele sehr verderbt schien. Es war auf Wespentaille geschnürt und hatte herausfordernde Bewegungen. Starr lächelnd küsste Gustl die Servmererin Franzi, als vergesse er die Welt um sich.

[175] Kleiderhakenbrett.

Konzeptpapiere, Paul-Wiegler-Archiv 2/2:

Blatt 1 (größer als DIN-A4, hellblau liniert): Auf Vorderseite mit rotem Buntstift durchgestrichener Text, kaum leserlich, aber zum Roman gehörig. Text endet – weiterhin gestrichen, aber jetzt mit Bleistift – im oberen Drittel der Rückseite. Darunter Tabelle mit Jahreszahlen und Stichworten zum geplanten Fortgang des Romans:

1909   Kinderlosigkeit / *[zwei Worte unleserlich]* / Grippe, *[1 Wort unleserlich]* *[1 Wort unleserlich, 1 Wort gestrichen]* Le's *[Lessenbergs]* nach Graz Verdacht Ga's *[Gabrieles]*

1910   Erpressungen? Le erkrankt, geht wieder *[1 kurzes Wort unleserlich, vielleicht: aus]* Der *[1 Wort unleserlich]*? Besuch aus Graz (Thessa) *[unleserliche Zeichen, evtl.: Le's]* Tod,

1911   *[zwei Worte gestrichen, 1 Wort unleserlich]*, die Alte, übergibt Gaby Pias Notizen

1912   Tod des *[1 Wort unleserlich]* (in Planegg)

1914   Ga *[fünf Worte unleserlich, die letzten beiden durch = getrennt]*

Darunter drei Spalten mit Additionen ohne klar erkennbaren Bezug zum Roman.

Blatt 2 (sauber abgerissene Hälfte eines Blatts von gleichem Format, aber unliniert):

Ga	*1889	1906
1. Heirat	1908 (März)	<u>1884</u>
		22 J.

Tod des 1. Mannes (Alfred geb. ca. 1868 † Frühjahr 1913) = 45 J.

2. Heirat	1920	(Ga alt 31 J.)
	er geb. 1884	36 J.
	† 1934	50 J.

Vater Karl Rainer † 1919 (geb. 1850)   69 J.
Norah, Mutter; † Herbst 1913
Ilona Bávany † 1910 = 70 J.

Blatt 3 (hellgrauer Karton mit Prägung in kleinerem Format): Tabelle mit Daten, wie 4.10.08, 2.12.08, etc., nebenstehende Worte fast durchweg unleserlich, gefolgt von dreistelligen Zahlen. Eindeutig zu entziffern nur:

Apr [09] Maschinengewehr-Abt.

Blatt 4 (kleiner hellgrüner Karton):

Tiroler u. Vorarlberger
Gebirgsbatteriedivision
[weitere acht Zeilen mit einzelnen Worten und teilweise auch dreistelligen Zahlen: unleserlich]

Schwelle des Orients

Meerfahrt

Der Dampfer zieht durch das blaue Meer, auf dem der flockige Gischt wie ein silbernes Netz sich webt und zerrinnt, die Möven flattern und werfen sich scheltend in den Kohlenrauch. Immer bleibt sehr nahe das Land, bald Festland, bald Insel oder Halbinsel mit Leuchtturm, und, grau schimmernd in der sonnenheißen Luft, von Grün nur bis zu fernhin sichtbarer Grenze bekleidet, die ewigen Berge. Häuser liegen unter ihnen, Städte, auf die das Schiff, seine gefurchte Bahn verlassend, mit leisem Signalgeklingel und dann plötzlich mit rauhem Ruf den Kurs hält. An den Molen erheben sich niedere Tore, die der geflügelte Löwe des Markus bewacht, Plätze öffnen sich mit einsamen Loggien, kurze Gassen, durch steinerne Querbalken noch verengert. Über dem Gewirr der Dächer ragen Kirchen und Rundbauten mit zerfallener Zinne. Sind es Seeräubernester, die hier vor Jahrhunderten errichtet wurden, Kastelle der Eroberer, waren sie den Eingesessenen Schutz in Kriegen?

Der Dampfer steuert wieder hinaus in die Flut, deren Blau im Sinken des Tages blasser wird und im zarten Dunst des Horizonts verschwimmt. Die Möven haben sich müde geflogen, ein anderer Schwarm, fünf, acht, zehn, schwingt sich auf und stürzt kreischend gegen die Russfahne. Die Maschinen stampfen. Im Salon der ersten Klasse wird gelacht und gesungen, eine Gusla begleitet slavische Lieder, bricht nach melancholischem Schwirren ab, lärmt von neuem. Lachend sehen die Passagiere durch die kleinen Fenster den Vergnügten zu. Es ist die Hochzeitsgesellschaft aus Šibenik, der Leutnant, der ohne Säbel in seiner gelockerten Sommeruniform dasitzt, die Augen schwer von Dalmatinerwein, in seinem Arm die Braut, schön, in weisser Seide, mit onduliertem blonden Haar, aus dem sie Myrtenkranz und Schleier verloren hat, der Brautvater, die Freunde, eine Freundin in schwarzem Taffet, mit einem Bukett von Rosen. Dann verstummt das Singen, gelbrote Streifen flammen, wo die Sonne unterging, in die Herrlichkeit des Meeresabends.

In Rab muss der »Prestoljonasljednik Petar«[176] draussen vor der Bucht ankern, und die Stadt mit den vier romanischen Türmen des Doms, von San Giovanni, Sant' Andrea und Santa Giustina ist Kulisse des Hintergrundes. Menschen füllen den Hafen und die steile Terrasse des Walls, Menschen umkreisen den Dampfer in Booten, die mit Koffern und Kisten belastet sind. Eine Treppe wird von den Matrosen herabbewegt und nimmt das Gepäck auf, dann die mit schwankendem Schritt hinüberkletternden Personen. Nachen mit Badenden entfernen sich von dem Schiffskoloss. Die Hochzeitsgesellschaft hat sich verabschiedet, schon lenkt eine Gondel mit ihr in den Hafen ein. Der letzte, der an Bord geht, ist ein junger Mönch aus dem Eufemiakloster, ein Franziskaner in brauner Kutte. Entrückt starrt er in das rosige Rot, das die Dämmerung langsam auslöscht. Unruhiger wird die Adria.

---

[176] (richtig wohl: Prestolonaslednik Petar, vgl. u. a. https://www.simplonpc.co.uk/Jad_Partizanka.html)

In der Frühe belebt sich der Palast des Diokletian. An den Fenstern, zwischen den Säulenkapitälen und den vermauerten Bogen, in denen Tauben gurren, kämmen die Frauen von Spalato[177] sich das Haar, oder sie beugen sich schwatzend zu den Nachbarinnen, Kinder schreien und rennen über die unförmigen Steinstufen aus den Kellern in die Höhe. Die Sphinx streckt ihren schwarzen Rücken, die zwei Löwen unter dem Glockenturm kauern vor der Kathedrale, in deren goldner und purpurner Kerzennacht Altar sich an Altar drängt, Kreuz an Kreuz, Weihrauch und dumpfer Hall von Gebeten zusammenfliessen. Aufgesperrt sind die Läden am Viereck des Peristyls, dessen antike Geschlossenheit von dem barbarischen Riesenmonument des Grgur Ninski, des kroatischen Priesters, gesprengt wird. Bärtig, in Popenmützen, steht er da, verzerrt, ein ungeheurer Sankt Nikolaus, ein Golem. An ihm vorbei führt die dreitausend Bewohner des Diokletianspalasts der Weg zum Wochenmarkt. Teppiche, Opanken, Eier, Fische, Gemüse, Kirschen, Blumen, alles ist in den langen Reihen von Holzschragen aufgehäuft, an deren Rand aus irgend welchen Kammern einer Kaserne Blechmusik tönt. Männer mit Tellerkappen und roten Troddeln an den bestickten Westen, Männer mit roten Leibbinden, in malerischen Lumpen schlendern stolz umher, Krüppel betteln im Schatten eines römischen Sarkophags, an dem für die Wissensbegierigen eine Waage aufgestellt ist, Verkäufer von Gefro-

---

[177] Italienischer Name der Stadt Split an der dalmatinischen Küste (Kroatien).

renem preisen ihr »sladoled«, Bäuerinnen steigen von widerspenstigen Eseln.

Die Kavalkade sucht, bevor der Mittag kommt, über krumme, staubige Strassen den Heimweg. Strapazierte Autobusse, die ihre Insassen schleudern, trennen die Schar der Eselreiterinnen. Sie sind noch so wie vor Zeiten, diese Mädchen, die gegen den Sonnenbrand nichts haben als ihre bunten Kopftücher; wenige nur bedienen sich eines Regenschirms. Die Sonne kocht die Erde, die Disteln, die Opuntien, die stachligen, stumpfgrünen Blätter der Agaven, die ihre verdorrenden Blütenschäfte wie Lanzen gegen den Himmel recken. An einer der Siedlungen vor den Ruinen des Amphitheaters plätschert ein Quell, weisser, violetter, gelber Oleander verschmachtet in der tyrannischen Glut. Die Omnibusstation neben der Chaussee ist Gastwirtschaft. Der Gendarm, der Postbeamte, ein paar der ländlichen Bürger trinken ihren Gespritzten und mustern die Kellnerin, die vorgestern eingetreten ist, ein grosses Weib mit starken Gliedern und einem Tiergesicht, eine Russin. Fliegen summen in der Wirtsstube, in der Öldrucke hängen, ein habsburgischer Erzherzog inmitten adliger Stände, der König Alexander Karageorgjewitsch an der Spitze serbischer Infanterie, unter wehenden Fahnen gegen den Feind stürmend, eine Ballszene zwischen zwei Spaniern, die sich mit dem Messer bedrohen, von Señoritas angefleht. Die Russin erzählt dem Kaufmann, der sie betastet, sie habe nach der Flucht ihrer Familie in Wien studiert und sei sieben Jahre dort verheiratet gewesen; jetzt zwinge sie die Not. Sie wäscht das Büffet ab, von dem Weingeruch aufschwebt, und zwinkert dem Gendarmen zu.

Schwalben

In der Mittagsstunde schläft, wo in der Ecke am Plot-scher Tor der Stadthafen von Ragusa[178] sich dehnt, ein Mann, der nichts zu tun hat, in einer marmornen Brun-nenschale. Träg holen in diesem verkleinerten Venedig die Figuren des Uhrturms zu zwölfmaligem Schlag aus. Der Rektorenpalast und das Münzamt schweigen mit der kunstreichen Pracht ihrer Säulen, es schweigen die Barockkirche des Vlaho, die Kathedrale, die Jesuiten-kirche. Leer sind die Tische des Cafés vor dem Rathaus. Leer ist die Kralja Petra, die Stradone, mit den Geschäf-ten für Einheimische und Fremde. Im kühlen, dunklen Kloster der Franziskaner mischt der Apotheker, der einen geistlichen Gehilfen hat, seine Arzneien und Drogen. Im Kreuzgang, unter den zerbröckelnden Fresken, die De-mut und Glorie des Ordensstifters künden, werden kost-bare Geräte von frommen Handwerkern blank geputzt und scharf duftende Lorbeergirlanden zu den Buchsta-ben eines Heiligennamens geflochten. Das Innerste des Hofs ist ein Garten, in üppigen Farben blühend und von Palmen gekrönt. Aus der Kirche Gesang, Orgelvariatio-nen, die süsse, bebende Inbrunst einer Geige.

Der Abend verwandelt Dubrovnik, vom Piler Tor und dem Onofrio-Brunnen bis hin nach Sveti Jakov. Zwischen den Häusern segeln mit schrillem Gezwitscher die Schwalben, so dicht und jäh herabschiessend, dass man glaubt, sie zu fangen. Das Portal der Franziskaner Kirche gleisst im Glanz einer Illumination auf. Die Um-risse der befestigten Stadt sind eingefasst von Lichtern;

[178] Italienischer und deutscher Name von Dubrovnik (Kroatien)

so springt sie, eine romantische Burg, in das Meer vor. Um die Villen an der Küste rauschen in sanftem Sommerwind, dem Maestral, die Zweige der Zypressen, Pinien, Königspalmen, der Orangenbäume, Zitronenbäume, Feigenbäume, Erdbeerbäume. Die Laternen der Autos überflackern die weiche, warme Finsternis.

Sie umgibt die Wälder der Insel Lacroma. Nur ein Kahn zögert vor ihrem Strand, der Kahn eines Fischers, der mit grellem Schein die geblendete Beute lockt. Das Meer rollt seine klatschenden Wogen gegen die Uferklippen. Die Sterne strahlen; die Sterne verschwinden in grauem Morgengewölk, das der Tag aufzehrt. Ein Flüstern geht durch das Gestrüpp der Wildnis und durch den Park um das Benediktinerkloster, den Palmenpark Maximilians, des Kaisers von Mexiko.

Die verzauberte Stadt

Die Einfahrt in die Boka[179] ist ein Traum. Denn unaufhörlich wie im Traum hat sich das Panorama verändert, seit dem Fort Punta d'Ostro, seit Ercegnovi[180], Teodo[181], den Catenen, Perasto[182] und den zwerghaften Inseln, Sveti Juraj, die mit ihrer Kirche und ihren Zypressen dem Sankt Georg geweiht ist, und der baumlosen, auf Felsenriffen aus Steinen geschaffenen Gospa od Škrpjela, der Madonna dello Scarpello. Der Vermatsch schiebt

---

[179] Boka Kotorska, die Bucht von Kotor (wie die folgenden in Montenegro)
[180] Herceg Novi
[181] Italienischer Name von Tivat
[182] Italienischer Name von Perast

sich vor und jetzt, hinter Schluchten, der gewaltige Lovt-schen. Hart schneiden in seine Härte die klaffenden Linien der Serpentinen ein. Cattaro, Kotor, von ihm überwuchtet, lagert unter der senkrechten Bergwand, unter Felsendüsterkeit. In den Spalten der Mauern wachsen Reben, Kräuter, Granatapfelgesträuch. Das Café Dojmi an der Mole, der Marina, hat sein Stammpublikum. Drei weibliche Gäste thronen am besten Platz im Gebüsch und befehlen hoheitsvoll und argwöhnisch dem Kellner. Sie tragen ihre zerknitterte Gala mit der Würde abgedankter Schauspielerinnen. Sie reden durcheinander Kroatisch, Italienisch, Armeedeutsch und ähneln den Briefkästen von Cattaro, die, braun übertüncht, noch die gelben Kästen der österreichischen Post sind.

Das venezianische Löwentor neben dem kümmerlichen Garten der Gemeinde ist der Einlass. Müssiggänger sind unter seiner Wölbung gruppiert. Die ganze Stadt hat von zwölf bis drei Uhr Siesta. Ausgestorben ist sie, als habe eine Seuche sie entvölkert, ihre Häuser und die Kirche des heiligen Triphon mit dem klotzigen Doppelturm. Kein Türklopfer, den man rütteln könnte, keine Schelle, die antwortete. Gothische Wappen und gothische Fenster erinnern an verschollene Geschlechter; eine Skulptur, ein Arzt in Perücke, mit verschnörkelter lateinischer Inschrift am Sockel. Katzen kriechen durch das Labyrinth und ducken sich, aufgescheucht, fauchend, mit grünlichem Phosphoreszieren um die schrumpfenden Pupillen; eine frisst Speisen aus der Pfanne in der Küche einer Wirtschaft, die eine Grube ist. Endlich schallen Stimmen; Schüler in einem Gymnasium. Ein tschechischer Schneider, mit krampfhaftem Lächeln, erbietet sich, die Stadt zu zeigen, und hat den Blick eines Wahnsinnigen.

Eine Greisin hockt an einer Berggasse, Hüterin einer gespenstischen Höhle. Doch um drei Uhr weicht nach und nach der Bann. Zwanzig, dreissig junge Leute queren das Pflaster, Schlüssel werden gedreht, Riegel zurückgestossen, die Spezereihandlung enthüllt ihre Auslage und ein Plakat mit dem Antlitz der Garbo, der Friseur schabt den Bart eines Kunden und scherzt mit den Mägden, die das kalte, unterirdische Wasser holen. Die Sonne ist fort, hinter dem Vermatsch.

Die alte Brücke

Über die Schienen des Bahnhofs von Gravosa[183] stolpert eine Frau, die ein Kind umklammert. Sie hat einen gestreiften Kittel um den Kopf, das Gesicht deckt ein schwarzes Tuch. Ist es eine Kranke mit zerstörter Haut, die da verfemt umherirrt? Zärtlich begrüsst sie den Kracherlverkäufer, den Sodamann, am Zaun. Er hat einen roten Fes. Er ist Mohammedaner und sie Mohammedanerin.

Die Vision verhundertfacht sich. Die Frauen mit den schwarzen Tüchern sind zahllos in Mostar. So hausen sie hinter den Gittern, die der Harem waren, und auf den blauen Holzveranden der Wohngebäude, denen die Strassentür fehlt. So eilen sie durch den Basar, die Tscharschija, und über die Brücken der Neretwa, der Narenta. Die höhere ist die alte, die über das von Tuffblöcken umrahmte Bett des Flusses, da wo die schäumende, strudelnde, Mühlen treibende Radobolje sich mit ihm ver-

---

[183] Italienischer Name von Gruž, heute Stadtteil von Dubrovnik

eint, wie eine Legendenbrücke sich spannt. Türme sind ihre Wehr; und wenn ein Nachtgewitter sie und den Gipfel des Berges Hum mit zuckenden Blitzen überleuchtet, ist sie voll Geheimnis und ängstigender Schauer.

Zu beiden Seiten der Neretwa wimmelt es von Minarets, und der Helm einer jeden von ihnen ist der Kuppel einer Moschee verschwistert, einer Dschamija. In der Vorhalle der Kotlineva, wo der Brunnen sein Nass spendet, in dessen Rinne die Gläubigen sich waschen, ist ein Zürgelbaum das Obdach der Turteltauben. Vom Minaret der Hauptmoschee näselt der Muezzin die Ikindija, das Gebet zwei Stunden vor Sonnenuntergang. Der Friedhof, von dem Gras, den Rosen, den Epheuranken des Zufalls überwuchert, ist grüne Wüstenei mit den Steinen, die sich ordnungslos zu Boden neigen, Pfähle oder Keulen, die Grabsteine der Männer mit einem Turban geziert. Der Muezzin singt die Jacija, das Nachtgebet. In der Kafana an der Cernica klappern die Kännchen von gehämmertem Kupfer oder Messing, aus denen man mit Weisheit den von einem Burschen im Mörser zermahlenen und gesiebten Kaffee giesst. Ein Zeltzirkus lädt ein und ein Kino mit verregneten amerikanischen Filmen.

Die Berge

In Sarajewo, der Stadt der hundertundeins Moscheen, ist die Tscharschija türkischer als in Stambul. Die Schuster haben ihre Bretterbühnen, auf denen sie Sohlen flickend die Beine übereinanderschlagen, die Sattler, die Ziseleure, die Teppichhändler, die Fruchthändler, die arnautischen Zuckerbäcker, die Töpfer, die Drechsler, die Köche, die Metzger, an deren Eisenhaken Hammel baumeln, noch kenntlich an dem blutenden Fleisch der Schädel, die Trödler, die auch Trichtergrammophone haben. Eintönig dringen, wenn über die leiernden Walzen der Stift rutscht, Gebete zu Allah und dem Propheten hervor. Hodschas in weissen, Mekkapilger in golddurchwirkten Turbanen verweilen in der Menge. Manche der Händler grinsen vor Eifer, manche sind Philosophen der Milde, manche der Verachtung. Die schwarz verschleierten Ehegattinnen wenden sich ab.

Der Kai der Miljatschka ist mit europäischen Häusern besetzt. Die Hügel mit Landhäusern, heiter fast unter Mauerkränzen und Bastionen. Aber schon gleich nach Sarajewo wühlt sich die Lokomotive der Schmalspurbahn in Tunnels, und als sie begonnen haben, beginnt zerklüftete Erhabenheit. Kahles, waldloses, graues Gestein, graues Steingeröll die Umfriedung der Mulden, der Dolinen, auf denen Weizenhalme spriessen, grauer Stein die Hütten, die nur ein Erdgeschoss haben und, wo sie öde und geborsten sind, das Schicksal von Americi verraten, von Auswanderern. Die Hirten und ihre Hunde folgen den Schafherden nach. Bäche und breitere Wasseradern rieseln dahin und versickern in der unergründlichen Tiefe, aus der sie nach Tagen irgendwo, Flüsse ohne Quell, wieder hervorbrechen. Über den Karst und seine seelenzerreissende Traurigkeit gleitet die Mondsichel, das märchenhafte Wahrzeichen des Orients.

Autobiographische Skizze

Als vierjähriges Kind reiste meine Mutter, die bis in ihr neunzigstes Jahr gelebt hat, mit meiner Großmutter von Saarbrücken nach Bad Langenschwalbach. Sie kamen über die Bundesfestung Mainz, in der weißuniformierte österreichische Infanterie lag. Meine Mutter hatte Krinoline und Sonnenschirmchen, ganz wie ihre Mama, und schilderte das des öfteren in allen Farben. Die Neufangs, ihre Familie, hatten seit dem achtzehnten Jahrhundert in Saarbrücken gewohnt. Sie zählten zum einflußreichen Bürgertum, waren schwarzrotgold gewesen und nicht nur in den Personen von zwei bis drei abenteuerfrohen Flüchtlingen am badischen Aufruhr in der Gegend von Rastatt beteiligt. Sie stammten aus Böckstein bei Gastein, hatten Land um den Sonnenblick herum besessen und den mit dem Geheimnis der Goldgräberei verbundenen Böcksteiner Berg. Noch vor einem Jahrzehnt habe ich dort den Neufang-Hof, der ein großes langgestrecktes Holzhaus hatte, besucht. Mehrere Steinplatten auf dem Friedhof von Hofgastein tragen verwittert den Familiennamen. Und noch stehen auf den Feldern Brettertürmchen mit den Glocken, die einst die Protestanten zu einer Betstätte im Freien riefen.

Ich wurde an einem Sonntag, als meine Mutter ausgehen wollte, im Haus Bleichstraße 14 [in Frankfurt am Main] geboren. An die Bleichstraße stößt die Peterskirche und die Elefantengasse, die einen ebenso kuriosen Namen führt wie andere Gassen der Altstadt, die Papageigasse, das Rapunzelgäßchen, das Goldhutgäßchen. Wir zogen nach der Lindenstraße und von dort nach der Klüberstraße. Das Haus, in dem mein Vater mietete, war dem Tattersall Riese benachbart, und wir freundeten uns mit den schönen Pferden an. Aber da wir gern von oben zu der Remise und den Ställen herabsprangen, beschimpfte uns, seine Peitsche schwingend, der Futtermeister von Riese, ein Herr mit drohendem schwarzem Vollbart. Wir liefen – und hatten in allen Gärten Mitverschworene – eine Stunde lang über die Mauern des Viertels, bis, uns abzuwehren, man uns die Irrwege durch festgekittete Glassplitter von Flaschen versperrte.

Als Frankfurt von Bismarck annektiert worden war, hatte der Bürgermeister Fellner Selbstmord begangen, um die Schmach der Republik nicht zu überleben. Von den Zeitgeschehnissen wußten wir nur wenig. Alles war dazu angetan, eine junge Seele zum Träumen zu verlocken. Da war der Römerberg mit dem Kaisersaal und dem Brunnen der Gerechtigkeit, der Dom mit der Goldenen Waage und ihrem »Belvederche«, der Hirschgraben mit dem Goethe-Haus (das auch als Tafelaufsatz von Zuckerbäckern diente), die Judengasse, der Roßmarkt, die Konstablerwache. Das Bockenheimertor, der Durchgang zum Palmengarten, wo die Aras und die Kakadus auf ihren Stangen sich wiegten, der Eschenheimer Turm, die Mainkais mit dem Schopenhauer-Haus und dem Ufergelände. Die Ariadne aus dem Bethmann-Museum stand bei uns als Gipsabguß. Im Städelschen Institut mußte ich bei den Schirmen warten. Aber früh kam ich ins Schauspielhaus und in die Oper. In den Taunus-Anlagen begrüßte man die Dramatische, deren schöne, große Figur Bewunderung erweckte. Die Dame im carmoisinroten Morgenrock in der Oberlinden 80 war die Altistin Angelina Luger, die Tochter eines Briefträgers und mit einem italienischen Grafen verheiratet. Ich wurde Schüler des

Gymnasiums in der Junghofstraße, zusammen mit meist Zehnjährigen, deren Namen Frankfurter Geschichte waren: Bolongarp-Crevenna, Passavant, Guaita, de Ridder, Brentano. Über die Turnstunden kann man in »Lothar«, dem Roman von Oskar A. H. Schmitz, nachlesen.

Dann übersiedelten wir nach Berlin. Ich mußte die Unterschweinstieg, die Wespen von Bergen, den Federweißen, die Spanferkel, den Odenwald, die Rheinfahrten vergessen. Es dauerte Jahre bis ich mich der Natur und dem Frankfurterischen entfremdet und mit der steinernen Wüste Berlin und der Schärfe des Nordens abgefunden hatte.

An einem Sonntag im Winter 1891 wurde ich ins Café Bauer, Ecke Unter den Linden/Friedrichstraße, mitgenommen, konnte in der »Gegenwart« blättern und las »Menuett« von Apostata, Harden, über einen Ball im Weißen Saal des Schlosses und einen Zug von Arbeitslosen, den am Lustgarten die Polizei zerstreut hatte. In der Lazarusschen Buchhandlung sah ich eine Fotografie von N. H., einen lockigen Römerkopf mit schmalen Lippen, neben Ibsen und Kjelland. Es kam der 27. Januar 1894, die Fahrt des Generalobersten Fürsten Bismarck von Friedrichsruh nach Berlin, sein überhastetes Erscheinen zum Kaiserlichen Geburtstagsfest. Dem Trottoir vor der Passage näherte sich die Kutsche mit den großen Scheiben, in der gespenstisch finster der Greis mit dem Kürassiermantel saß, den Helm auf den Knien. 1898, mit zwanzig, wurde ich, ein Student, der seit Genf und dem ersten Ausblick auf Paris mit Leidenschaft Barrès las und von Verlaine trunken war, zu Harden gebracht. An seinem Tisch im Café Klose, Ecke Leipziger- und Mauer-

straße, saß ein Mann mit interessanter Spaniolen-Phy-
siognomie, Dr. Arthur Berthold, der als Rechtsanwalt
in Hamburg einem wegen Sittlichkeitsdeliktes abgeur-
teilten Mandanten zu einem Revolver geholfen hatte,
mit dem sich der Unglückliche in der Zelle erschoß, und
für diesen Akt der Menschenfreundlichkeit diszipliniert
worden war. Bald darauf begann ich bei Harden in der
Königin-Augustastraße zu verkehren, in seinem Arbeitszimmer, wo alle Sessel mit gelben Bänden bepackt
waren, orangefarbenen Revuen, Stößen europäischer
Zeitungen, und später, viel später im Grunewald, in
dem Häuschen an der Wernerstraße, das Messel für das
Ehepaar Braun gebaut hatte. Nur einmal in der Woche
war dieser Asket seines Berufs zu sprechen. Und in der
Nacht zum Dienstag, bis das Morgenlicht das Licht seiner Lampe auslöschte, schrieb er, ein maskierter Meer-
taucher, Flüchtling von der Oberwelt wie Sainte-Beuve
vor den »Lundis«, die Artikel der »Zukunft«. Zuletzt
sah ich ihn im August 1927, bevor er nach den Bergen
des Kantons Valais abreiste, und ging mit ihm in der
dumpfen, regenwarmen Luft durch die Alleen, in denen
schon vom Wind abgeschlagenes Laub trieb. Ein pfeifen-
des Geräusch drang aus Hardens Lungen, sein Antlitz
war welk, zusammengeschrumpft, unstet sein Auge. Ich
ahnte nicht, daß diese Nachmittagsstunde die Stunde des
Abschieds für immer werden sollte.

*

Einmal, in der Saison von 1899, waren wir miteinander tätig. Das geschah auf der Bühne – oder an ihrem
Rand – des Neuen Theaters am Schiffbauerdamm. Mit

Martin Zickel[184] betrieb ich literarische Matineen. Im Theater der Urania gaben wir Goethes »Mitschuldige«, und Friedrich Kayßler, noch mit der Sprödigkeit seiner Anfänge in Görlitz behaftet –, spielte den haltlosen Alceste. Aber am Schiffbauerdamm, dem Haus der Nuscha Butze[185], wagten wir Maeterlincks »Pelleas und Melisande«. Für den Golaud, den älteren der feindlichen Brüder, war das Genie Adalbert Matkowskys gewonnen. Sein Freund (und mein kluger und in Enttäuschungen vielerfahrener Gönner) George Stockhausen, einer der Gründer der Freien Bühne, hatte mich, den Studenten, zu Matkowskys Stammtisch bei Lutter und Wegner herangezogen. Und so verfallen war ich seinem romantischen Dämon, daß es gelegentlich von Sonnabend Abend bis zur Montagdämmerung dauerte. Als der Tag blaute, kletterte Matkowsky in seinem legendären Havelock[186], die Taschen vollgestopft mit Flaschen edlen spanischen Weins, in die schwankende Droschke. Es war einer jener »männlichen Morgen«, von denen er zu Jakob Tiedtke geschwärmt hat. Ich habe Matkowsky von Rollen, die ihn beschäftigten und über die er mit naiver Kraft ruhelos grübelte, vom Kurfürsten im »Homburg«, vom

[184] Martin Zickel (1876–1932), Regisseur und Schauspieler, gründete mit Friedrich Kayssler, Josef Kainz und Max Reinhardt die Gruppe »Die Brille«, aus der das Kabarett »Schall und Rauch« hervorging, betrieb u. a. als Leiter des 1900 eröffneten Secessionstheaters eine antinaturalistische Erneuerung, wofür Namen wie Maeterlinck und Wedekind standen.
[185] Nuscha Butze, auch Nuscha Beermann (1860–1913), Schauspielerin und 1898–1902 Intendantin des Neuen Theaters in Berlin, des späteren Theaters am Schiffbauerdamm (Berliner Ensemble).
[186] Ärmelloser, pelerinenartiger Obermantel.

Goetz, vom Tell, vom Falstaff sogar, den er nie erschaffen durfte, reden hören. Ich hatte sein Vertrauen. Bei der Premiere durfte ich soufflieren; obwohl er mir lachend vorwarf, ich hätte nach der Mayburg gesehen. Die Königin, die Mutter, gab die Dumont, auch jetzt der Wolter ähnlich mit ihrem Kopf einer römischen Kaiserin, den Arkel, den König, der sechsundzwanzigjährige Max Reinhardt. Ihn und Luise Dumont hatte ich nach einer Autofahrt zu Dreien von Otto Brahm, dem Direktor des Deutschen Theaters, für die Matinee freigebeten. Ahnte Brahm, daß Reinhardt schon mit dem Plan eines Abfalls sich trug? Die jüngeren Schauspieler im Café Monopol waren unzufriedene Neuerer geworden; auch Reinhardt, der mit Else Heims als einsamer Schweiger gern auch im Café Friedrichshof erschien. Ich saß in seiner Garderobe, als er für den Arkel (den er unter eigener Regie wiederholt hat) [probte], in seiner Garderobe und staunte, wie er Maske machte. Plötzlich war ich allein mit einem Fabelkönig, einem unheimlichen Gnom, jahrhundertealt. Ich habe Reinhardt wieder getroffen zur Zeit von »Schall und Rauch«, als den Freund seines Gefährten Richard Valentin. Ich bin, als er berühmt war, in vielen Schlachten siegreich erprobter Theaterleiter, von Jahr zu Jahr (und mitunter von Monat zu Monat) bei ihm gewesen. Ich denke noch heute an den Abend zurück, an dem er die Kritikschreiber der Berliner Presse zu sich lud, in seine Direktionsräume im ersten Stock der Kammerspiele, und ihnen eröffnete, daß er seinen Rücktritt vorbereite. Den schneidenden Schmerz, den ich empfand, konnte ich nie vergessen.

1908 verließ ich auf Jahre Berlin. »Er ist mit Österreich verheiratet«, schrieb einmal Stefan Großmann, der

Anna, meine dahingegangene Frau, kannte und betrauerte. Von jeher hatte ich diesen Wechsel des Aufenthalts ersehnt. Ich ging nach Prag, von wo es nicht mehr weit nach Wien war. So wurde mir das stärkste Erlebnis einer Stadt zuteil, das möglich war. Auf fünf Jahre wurde ich Untertan dieser bezwingenden Atmosphäre. Sie hat mich, indes ich sonst nur den Romanen anderer mich widmete, zum Romanerzähler umgewandelt. Und hier setzten neue Freundschaften für mich ein, unauflöslich bis zur großen Verfinsterung. In Berlin wurde ich sozusagen Augenzeuge der Polizei-Aktion des todkranken Großmann[187], den mit seiner tapferen Frau, der Schwedin Esther Strömberg, die Büttel im Wagen bis zum Anhalter Bahnhof transportierten. Dort, im Coupé, gaben sie den beiden ihre Pässe zurück, sie wurden beaufsichtigt bis zur Grenze. In Döbling ist Großmann gestorben, nach schlimmster Not, in der Frau Esther nur Rezensions-Exemplare noch verkaufen konnte, damit der arme Todeskandidat Medizin habe. Viele, mit denen ich aufs engste zusammenhing, haben ihr Leben verloren. 1938 Egon Friedell, der Philosoph von Währing. In einem Eckhaus der Gentzgasse hatte er seine Junggesellenwohnung, für sich, Schnick, dann Schnack, seine Hunde, die er wie Menschen behandelte und siezte, und seine bis zur Decke gehäuften Bücher, die Bibliothek seines auserwählten Geistes. Es wurde geläutet, die Wirtschafterin

---

[187] Stefan Großmann (1875–1935), Schriftsteller und Journalist, mit Ernst Rowohlt Begründer und bis 1927 auch Herausgeber der politischen Wochenschrift »Das Tage-Buch«. Die Ausweisung erfolgte im März 1933, wegen seines schlechten Gesundheitszustandes statt einer Vollstreckung des Haftbefehls.

meldete, draußen stehe SA. Wortlos ging Friedell auf den Balkon hinaus und stürzte sich vom dritten Stock auf das Straßenpflaster. Furchtbarer Irrtum: an diesem Tag hatte sich die SA im Stockwerk geirrt. Aber sie wäre Friedells wegen ohne Verzug wiedergekommen.

Nur wenige Stationen eines Lebenswegs habe ich berührt. Aber den meisten Menschen, denen ich begegnet bin, gebührt meine Dankbarkeit.

Paul Wiegler,
Sozialist und k.-u.-k.-Nostalgiker

Der Journalist, Kritiker, Autor vieler Sachbücher und Lektor Paul Wiegler ist nur einmal auch als Romancier hervorgetreten, mit »Das Haus an der Moldau«, einem leisen Buch, dessen Erscheinen 1934 – etliche Jahre nach Beginn der Niederschrift – wegen der Zeitumstände unter keinem guten Stern stand. In seinem Nachlass im Archiv der Akademie der Künste zu Berlin befindet sich allerdings das Manuskript eines zweiten, wenn auch unvollendeten Romans. Soweit bis jetzt bekannt, hat er diesen zwar nirgends explizit erwähnt, eine spätere Drucklegung war aber sicherlich geplant, wie eine Äußerung im Berliner Rundfunk nahelegt. Anlässlich seines siebzigsten Geburtstags sagte Wiegler über seine Pläne: »Wenn ich noch Zeit dazu habe, sollen mehrere Romane oder Romanfragmente nicht unveröffentlicht bleiben, die ich vorbereitet habe.« (Sendung vom 15. September 1948, Tonträger DRA Babelsberg, Deutsches Rundfunkarchiv, Archivnummer 2034867) Er hatte diese Zeit nicht. Weniger als ein Jahr später, am 23. August 1949, erlag er einer Herzmuskelerkrankung.

Geboren wurde Wiegler 1878 in Frankfurt am Main. 1890 übersiedelte die Familie nach Berlin, wo er bald entscheidende Impulse von seinem Mentor, dem Publizisten Maximilian Harden, und einem Kreis junger Schauspieler und Regisseure empfing, zu denen auch Max Reinhardt zählte. In einem auf Mai 1948 datierten Lebenslauf gibt Wiegler an, er sei »noch auf dem Gymnasium durch die Lektüre von Sombart (Sozialismus und soziale Bewegung), Friedrich Engels und Enrico Ferri Sozialist geworden« (Paul-Wiegler-Archiv 394). Er studierte Philosophie und Germanistik, besuchte Sprachkurse in der Anglistik und Romanistik, ging für ein Semester nach Genf. Von Anfang 1900 bis Ende 1906 arbeitete er als Journalist für Regionalzeitungen in Posen, Lübeck, Stuttgart und Leipzig, wie Hartmut Binder in seiner sorgsamen Darstellung von Wieglers Biographie dargelegt hat. Schwerpunkte seiner Arbeit bildeten Theaterkritik und Kulturberichterstattung, zeitweise auch internationale Politik.

Daneben begann Wiegler aus dem Französischen zu übersetzen. Seine erste Buchveröffentlichung datiert von 1900 und besteht aus Nachdichtungen von knapp neunzig Baudelaire- und Verlaine-Gedichten, die er mit einer längeren Einleitung versah. Über die Jahre entstand ein ansehnliches übersetzerisches Werk, dessen bekannteste Stücke Victor Hugos Roman »Die Elenden«, Flauberts »Lehrjahre des Gefühls«, zwei Romane von Anatole France sowie Honoré de Balzacs »Ergötzliche Geschichten« sind.

Von Leipzig ging Wiegler Anfang 1907 zurück nach Berlin, wo er eine Stelle als Feuilletonist bei der »B. Z. am Mittag« bekommen hatte – laut Eigenwerbung damals »die schnellste Zeitung der Welt«, was sich im Wesentlichen auf die acht Minuten zwischen Bekanntgabe der Börsenkurse und Anwerfen der Druckmaschinen bezog. Es war seine erste Anstellung im Ullstein-Verlag, dem er, mit Unterbrechungen, jahrzehntelang angehörte. Schon im Sommer wechselte er zu dem im gleichen Haus erscheinenden »Berliner Tageblatt«, bekam dort aber wenig attraktive und kaum seinem Talent entsprechende

Aufgaben, so dass er 1908 das Angebot wahrnahm, in Prag Feuilletonchef der Zeitung »Bohemia« zu werden.

Das neue Umfeld wirkte auf ihn beflügelnd: Wiegler fand Anschluss an die deutschsprachige Literaturszene der Stadt und verkehrte u. a. mit Franz Werfel, Max Brod, Franz Kafka und dem ebenfalls bei der »Bohemia« angestellten Lokalreporter Egon Erwin Kisch. Seine Stellung ermöglichte es ihm, ihre Texte zu drucken und auch vermehrt Beiträge in Auftrag zu geben. Zudem wurde Wiegler angeregt, selbst literarisch tätig zu werden – ja, er wurde, wie er in der in diesem Band abgedruckten autobiographischen Skizze schreibt, in Prag »zum Romanerzähler umgewandelt«.

Die Formulierung bezieht sich in erster Linie auf den Roman »Das Haus an der Moldau«, den er wohl während seines Aufenthalts in der Stadt – oder bald danach – begann. Hauptfigur ist der Politiker Schandera, der Prag vor Jahren wegen eines ihm untergeschobenen Skandals verlassen hat und nun zurückkehrt. Es ist ein von Melancholie und überscharfer Wahrnehmung geprägter Roman. Einen Großteil der zwischen November 1908 und 1911 spielenden Handlung nehmen Streifzüge durch die Stadt und ihre Umgebung ein sowie Reisen, etwa nach Brünn, Wien und Berlin. Nachdem seine Frau und sein Sohn gestorben sind, wählt auch Schandera (nach dem das Buch ursprünglich heißen sollte) den Tod: »Wie an jenem Septemberabend glaubte er, in derselben Ebene mit der Straße, zwischen den müden Passanten zu sein. Und lächelnd, als habe er einen glücklichen Einfall, trat er in das Bodenlose hinaus.«

Die Verlagssuche für den Roman gestaltete sich nicht einfach, da mehrere Häuser wegen der düsteren Stim-

mung und vor allem wegen der intimen, gleichsam nach
Mitverschworenen verlangenden Beschwörung Prags
ablehnten. Franz Werfel, der vom Wiener Paul Zsolnay
Verlag um ein Gutachten gebeten wurde, sah freilich gerade darin einen Vorzug, wie er dem Autor am 18. Januar 1933 mitteilte (Paul-Wiegler-Archiv 395/1):

S. Margherita Ligura Imperial Palace
Mein lieber Herr Wiegler,
obgleich ich mich hier täglich von 9 Uhr früh bis 2 Uhr
nachts mit der qualvollsten Arbeit meines Lebens her-
umschlage, habe ich doch Ihren Roman *in einem Zug
und mit tiefster Ergriffenheit* zu Ende gelesen. Ich konnte
nicht anders, wenn ich dabei auch viele Stunden verlor.

Soeben habe ich einen Brief an Zsolnay geschrieben
und will hier in der Hauptsache wiederholen, was ich
dort über »Schandera« schreibe:

»Ich finde das Buch wunderschön, ich finde es auch
neu, da die Wirkung einer herzwürgenden Melancholie
durch trockene nüchterne Sätze erreicht wird, die das
Wesentliche verschlucken, um es nur noch fühlbarer
werden zu lassen. Auch die unaufhörliche Nennung und
Aufzählung von Strassen, Gassen, Plätzen, Gegenden
entzückt mich in ihrer sanften Hartnäckigkeit, denn aus
all diesen Namen entsteht eine unheimlich richtige Ath-
mosphäre, was ich beurteilen kann, da ich sie genau kenne. In den wortkarg-dumpfen Charakteren, die niemals
reflektieren und niemals reflektiert werden, steckt eine
solche lebensechte Wirklichkeit, daß ich den Autor darum beneiden könnte. Auch die ›Handlungsarmut‹ und
das zerfetzte Geschehen finde ich meisterhaft, das Zer-
bröckeln des Lebens ohne Romantheatralik, von wel-

154

cher man selten loskommt. Ich kenne kaum ein neueres Buch, in dem die ›slawische Seele‹, der hoffnungslose Teil des alten Österreich so überzeugend gefaßt wäre. Gerne will ich zugeben, daß ich für solche Dinge ein prädestinierter Leser bin. Meine Meinung: Das Buch muß man bringen...«

Ich war so geschmacklos, dieses »Referat« hier abzuschreiben, das Ihnen nur die kältere Seite meiner Erschütterung zeigen kann. Leider bin ich physisch zu müde, um Ihnen alles zu sagen, was ich empfunden habe: Das Stumme eines kaum erträglichen Leidens.

Schandera und die Frau, Erich und Manja, die Giacometti, das Nationaltheater, das Westspital, die Landschaft bei Agram, die Monarchie, dies alles tut einem noch tagelang weh. Ich habe das nicht gelesen, sondern gelebt. Ich habe nicht gelesen, sondern Ihre Seele in die meine genommen.

Dank!

Ihr Werfel

Trotz des positiven Votums Werfels erschien der Roman letztlich nicht im Paul Zsolnay Verlag, sondern bei Rowohlt, und auch nicht als »Schandera«, sondern unter dem Titel »Das Haus an der Moldau«, der sich dem eingehend geschilderten Haus am Riegerquai 8 (Masarykovo nábřeží) verdankt, wo der Romanheld – genau wie Wiegler – wohnt.

Inzwischen lebte der allerdings schon lang nicht mehr in Prag. Mit Unterstützung von Maximilian Harden war es ihm gelungen, nach Berlin zurückzukehren und am 1. Februar 1913 wieder bei Ullstein einzutreten. Seine Aufgaben im Verlagshaus an der Kochstraße im Berliner

Zeitungsviertel beschränkten sich bald nicht mehr darauf, Feuilletons und Theaterkritiken für die Tageszeitungen des Hauses beizusteuern (neben den bereits genannten die Vossische Zeitung, die Berliner Illustrirte Zeitung und die Morgenpost), sondern verlagerten sich in den Buchverlag, für den er als Lektor im Bereich Belletristik wirkte. Zu den von ihm betreuten Autoren zählten Leo Perutz, Ernst Weiß, Gerhart Hauptmann, Ricarda Huch, Frank Wedekind und Vicki Baum. Die letztere schrieb in ihren posthum erschienenen Erinnerungen »Es war alles ganz anders« (1962): »Ich lernte Paul Wiegler später [d. h. nach dem Briefwechsel] als einen der liebenswürdigsten, weltfremdesten, gütigsten Menschen kennen, die mir ein freundliches Geschick je über den Weg geschickt hat, einen wahren Heiligen. In den betriebsamen Ameisenhaufen des Ullsteinverlages passte er wie ein Trappistenmönch in einen Diskussionsklub. Die Ullsteins führten ihr Riesenunternehmen aber nach dem Grundsatz, dass ein Verlagshaus Menschen jeglicher Art brauchte.« Und an anderer Stelle in dem Buch heißt es über einen Berlin-Aufenthalt vor Baums Übersiedelung aus Wien in die deutsche Hauptstadt: »Ich wurde ständig von dem feinen, stillen, sensiblen Paul Wiegler begleitet, dessen Wesen scharf von der schnoddrig-witzigen Art seiner abgebrühten Kollegen abstach. Bei jeder seiner gutmütig humorvollen Bemerkungen trat eine leise Schwermut in seine großen blaugrauen Augen.«

Als Leiter der Romanabteilung des Gesamtverlags war Wiegler vor allem für den (Vor-)Abdruck von Romanen in den Zeitungen des Hauses zuständig. Zur Arbeit an eigenen Büchern kam er kaum. Die 1914 erschienene »Geschichte der Weltliteratur« war wohl zu großen

Teilen vorher fertig (der Verlagsvertrag datiert vom 16. November 1909), ebenso seine zu Lebzeiten mehrmals wiederaufgelegten literarischen Porträts und Erzählungen mit dem Titel »Figuren« (1916), eine erweiterte und überarbeitete Zusammenstellung bereits veröffentlichter Texte. Erst in der zweiten Hälfte der zwanziger Jahre, als er nach dem Tod seiner ersten Frau, der österreichischen Schauspielerin Anna Zack, eine Auszeit in Klosterneuburg bei Wien nahm und wegen gesundheitlicher Probleme seine Arbeitszeit im Verlag reduzierte, entstand eine Reihe von Einzelveröffentlichungen, nach heutigem Verständnis meist erzählende Sachbücher, wie »Wilhelm der Erste. Sein Leben und seine Zeit« (1927) und »Der Antichrist – Eine Chronik des 13. Jahrhunderts« (1928), später beispielsweise »Schicksale und Verbrechen – Die großen Prozesse der letzten hundert Jahre« (1935). »Seine Neigung«, so charakterisierte Otto Flake den Kollegen, »galt den seltsamen, unbürgerlichen Einzelheiten der Biographie, den krausen Fällen, aus denen die Literaturgeschichte besteht, und er trug sie mit einem unvergleichlichen Spürsinn aus den entlegensten Quellen zusammen.« (»Es wird Abend – Bericht aus einem langen Leben«, 1960)

Dass der mächtige, liberale Ullstein-Verlag von den Nationalsozialisten demontiert werden könnte, wollte Wiegler lange nicht wahrhaben. 1934 wurden die jüdischen Besitzer enteignet, denen er wegen ihrer Loyalität und ihres großzügigen Entgegenkommens während seiner Krankheit dankbar war, drei Jahre später erfolgte die Umbenennung in Deutscher Verlag. Wieglers Arbeitsvertrag wurde zum 31. Dezember 1934 gekündigt, für eine Weiterbeschäftigung hätte es einer Mitgliedschaft im Reichsverband der deutschen Presse bedurft, die er nicht bekommen konnte, weil er keine Loyalitätserklärung gegenüber dem NS-Staat abgegeben hatte. Aufgenommen wurde er nach Fürsprache von Max Halbe und Otto Ernst Hesse, die dem Regime näherstanden. Die noch vorhandenen Exemplare von Wieglers zweibändiger »Geschichte der deutschen Literatur« (1930) beschlagnahmte und zerstörte die Gestapo, doch hielt er sich nach seiner Wiedereinstellung direkt im Anschluss an den früheren Vertrag trotz wachsender Einschränkungen und Konflikte bis zur Pensionierung im Oktober 1943 im Amt. »Sein kleines Zimmer war eine Oase im Ullstein-Haus«, schrieb Peter Christian Baumann in seinem Nachruf in der ZEIT vom 1. September 1949, »besonders in der Zeit, da dieser Verlag zwangsweise ›gebräunt‹ war. Wer es betrat, wusste, daß er ›exterritorial‹ war.«

Über die Umstände, unter denen Wiegler das Kriegsende erlebte – vermutlich in seiner Wohnung in der Charlottenburger Riehlstraße 7 in der Nähe des Lietzensees –, ist nichts bekannt, auch nicht darüber, wie sein zweiter, Fragment gebliebener Roman »Gabriele« entstanden ist, der mit seinem literarischen Nachlass ins Archiv der (Ost-)Berliner Akademie der Künste gelangte (Paul-Wiegler-Archiv 2/1). Dem 67 Blatt umfassenden Manuskript ist ein Karton beigefügt, auf dem in seiner Handschrift mit Bleistift »Gabriele / Roman- / Fragment / (Sommer 1945)« steht. Zu anderen Buchprojekten Wieglers aus der Nachkriegszeit gibt es Korrespondenz, etwa zu seiner gleichfalls unveröffentlichten Essaysammlung »Das große Glücksrad. Männer und Frauen zwischen zwei Revolutionen« (die immerhin als druckfertiges Typoskript vorliegt), zum Roman offenbar nicht.

Mit »Gabriele« taucht Wiegler noch einmal in die längst vergangene Epoche der k. u. k. Monarchie ein, die er schon im »Haus an der Moldau« dargestellt hatte. Mittels spärlicher Anspielungen auf zeitgeschichtliche Ereignisse lässt sich die Handlung auf einen Zeitraum zwischen Sommer 1906 und Herbst 1908 eingrenzen. Protagonistin ist die anfangs noch halbwüchsige Tochter des finanziell in Bedrängnis geratenen Barons Planegg, dessen Familie teils in Wien, teils auf dem Stammschloss im südlichen Kärnten lebt (nicht weit von der Gasteiner Gegend, die Wieglers protestantische Vorfahren mütterlicherseits im 18. Jahrhundert verlassen hatten). Mit eigentümlicher Sprödigkeit und in einem ganz spezifischen Erzählton, der sich aus der Mischung einer oft einfachen Syntax mit einer ungemein reichen, vor allem lokalkoloritreichen Lexik ergibt, entfaltet Wiegler die in der Hauptfigur sich verkörpernde Untergangsvorahnung einer ganzen Gesellschaftsschicht. Menetekel begegnen Gabriele zuhauf, im Tratsch des Gesindes, der sie gleich auf den ersten Seiten zu einem hilflosen Ausbruchsversuch veranlasst, in der Sorglosigkeit des geliebten Vaters, der »nicht feilscht, aber nie bar bezahlt«, Gläubiger freundlich vertröstet und den Dingen einfach ihren Lauf lässt, oder in Gestalt der aus Geldmangel entlassenen Gouvernante. Monatelange Kuraufenthalte in mondänen Badeorten bleiben dennoch unverzichtbarer Bestandteil des Lebensstils.

Bei einem Aufenthalt in Bad Gastein geschieht es durch eine Unachtsamkeit des Bademeisters, dass ein Unbekannter für einen Augenblick in die Kellerkabine gerät, wo Gabriele unbekleidet badet. Rasch und lautlos verschwindet er wieder, doch das Vorkommnis, von dem sie niemandem erzählt, verstört Gabriele dermaßen, dass sie eine fast neurotische Furcht vor einer möglichen Wiederbegegnung entwickelt. Der unfreiwillig zum Voyeur Gewordene wiederum, ein Witwer namens Alfred von Lessenberg, dessen Geschichte parallel erzählt wird, versucht, den Ehrbegriffen der Epoche folgend, genau diese Wiederbegegnung herbeizuführen, um seine vermeintliche Schuld durch Verehelichung wiedergutzumachen. In seinem unerwarteten Reichtum erkennt Planegg schließlich die Möglichkeit, die Familie durch Heirat vor dem Ruin zu bewahren, und seine Tochter, deren verletztes Schamgefühl durch Lessenbergs taktvolles Vorgehen besänftigt wird, fügt sich. Ein anderes Motiv ist der Tod von Lessenbergs erster Frau Pia – ein vertuschter Selbstmord, zu dessen Mitwisserin Gabriele nachträglich gemacht wird, während er selbst davon nichts ahnt –, ein drittes das Erwachsenwerden ihres in schulischen und später militärischen Anstalten herumgestoßenen kleinen Bruders Gustl.

Vieles, was Franz Werfel im zitierten Brief über Wieglers Romanerstling bemerkte, gilt auch für das Fragment, und wie im »Haus an der Moldau« sind die Figuren ständig in oft ziellos wirkender Bewegung, umherstreifend, reisend, mit der Kutsche über Land fahrend. So gibt die Hochzeitsreise des Paares dem Autor Gelegenheit, die zum Zerreißen angespannte Lage auf dem Balkan anzudeuten, die sich wenig später in der Bosnischen Krise, im Balkankrieg und dann im Ausbruch des Ersten Weltkriegs entlud. Ereignisse, die Wiegler wohl aus seiner Tätigkeit als politischer Journalist noch im Detail präsent waren und die er dadurch plausibel einflicht, dass Lessenberg als hochrangiger Mitarbeiter im österreichischen Außenministerium schon von der bevorstehenden Annexion Bosniens weiß, das er mit seiner Braut bereist.

Die Reise in der Romanfiktion entspricht ziemlich genau einer Reise, die Wiegler selbst unternommen hat, wie die hier mitabgedruckte Reiseskizze »Schwelle des Orients« aus dem Nachlass zeigt (Paul-Wiegler-Archiv 407). Zwar ist sie undatiert wie eine weitere mit der Überschrift »Durch Südost-Europa« (Paul-Wiegler-Archiv 343), doch erlauben verschiedene Indizien vor allem in der letzteren eine Datierung der Reise auf 1931. Das belegen auch drei Fotos, die ihn mit Reisegefährtinnen – vermutlich seine Frau und seine Schwippschwägerin aus erster Ehe – am 10. bzw. 12. Juni 1931 in Ragusa (Dubrovnik) zeigen (laut rückseitiger Bleistiftnotiz, Paul-Wiegler-Archiv 530 und 531). Ob die Texte veröffentlicht wurden, konnte bisher nicht ermittelt werden, es ist aber nicht unwahrscheinlich. Die Methode, feuilletonistische Arbeiten in einen Roman zu integrieren, hatte Wiegler schon im »Haus an der Moldau« erprobt, als er seine »Erinnerungen an Karlstein« (1925 im »Prager Tagblatt« erschienen) mit geringfügigen, die Zeitform und die Erzählperspektive betreffenden Änderungen übernahm. Gleiches gilt für den Essay »Prager Kalender« (aus »Der Querschnitt«, 1930), dessen zwölf Monatsstationen in ähnlicher Form in den Roman eingingen. (Vgl. Binder, S. 264) Im vorliegenden Fall hat Wiegler offenbar Anpassungen vorgenommen, um seine eigenen Erlebnisse auf dem Balkan um ein Vierteljahrhundert in die Handlungszeit von »Gabriele« zurückzuversetzen. So ersetzt er den Namen des von ihm benutzten Schiffs (»Prestoljonasljednik Petar« in »Schwelle des Orients«) durch den eines anderen, das wahrscheinlich damals im Liniendienst an der Adria eingesetzt wurde, aber wegen des gleichnamigen Habsburgerschlosses bei Triest auch besser in die Zeit passt: »Miramar«.

Der hier abgedruckte Text folgt der Schreibweise des Manuskripts. Das Paul-Wiegler-Archiv verwahrt auch einige schwer zu entziffernde Zettel mit Notizen zum Roman (Signatur 2/2). Auf einem davon sind biographische Eckdaten vermerkt, aus denen unter anderem hervorgeht, dass die Protagonistin 1889 geboren wurde und ihr Gatte Lessenberg (Jahrgang 1868) 1913 versterben sollte, im gleichen Jahr gefolgt von ihrer Mutter, 1919 vom Vater. Auch von einer zweiten Heirat Gabrieles ist die Rede, die 1920 erfolgen sollte. Auf einem anderen Zettel werden tabellarisch Stichpunkte für die Handlung aufgeführt, etwa »1909 Kinderlosigkeit (…) Rätselhafte Reise (…) Le's [Lessenbergs] nach Graz Verdacht Ga's [Gabrieles]«, »1910 Erpressungen?« oder »1911 (…) die Alte, übergibt Gaby Pias Notizen«. Ausgeführt wurden diese Pläne nicht mehr, Wieglers Epochenroman wurde vor der Zäsur des Ersten Weltkriegs gleichsam eingefroren. So bleibt in dem unvollendeten Werk die »Welt von gestern« samt der Vorahnung, ja Gewissheit ihres Untergangs gegenwärtig, ohne dass dieser selbst zur Darstellung käme.

Gleich nach Ende des Zweiten Weltkriegs kehrte Wiegler ins Berufsleben zurück, zunächst als Redakteur der »Allgemeinen Zeitung«, wo er mit Friedrich Luft für die Kritik zuständig war, danach als Feuilletonchef und stellvertretender Chefredakteur der im Ostsektor Berlins erscheinenden Abendzeitung »Nacht-Expreß«. Mit Johannes R. Becher und Bernhard Kellermann gehörte er zu den Mitbegründern des Kulturbunds zur demokratischen Erneuerung Deutschlands, in dessen Präsidialrat er berufen wurde. Zudem betätigte er sich als Lektor im neugegründeten Aufbau-Verlag und als Mitarbeiter der gleichnamigen Zeitschrift. Am 24. August 1945 berichtete er im Präsidialrat des Kulturbunds von dem Plan, diese durch eine stärker literarisch orientierte Zeitschrift zu ergänzen – ein Vorhaben, das später mit »Sinn und Form« verwirklicht wurde. Dem Werben seines früheren Ullstein-Kollegen Johannes Weyl, der im Konstanzer Süd-Verlag mehrere Bücher Wieglers neu herauszugeben gedachte und ihn gern zu sich geholt hätte, gab er letztlich nicht nach.

In dieser Zeit muss auch die autobiographische Skizze entstanden sein, deren siebenseitiges, unbetiteltes Typoskript sich gleichfalls im Archiv befindet (Signatur 389). Die Blätter tragen auf der Rückseite den Aufdruck »Express-Verlag«, was eine leidlich sichere Datierung auf die Zeit nach seinem Eintritt am 15. November 1945 erlaubt. Ein Teil des Textes geht auf den Artikel »Liebeserklärung eines Sechzigers – Frankfurt von 1878 bis 1890« zurück, der am 13. September 1938 im Frankfurter Generalanzeiger gedruckt worden war. In Nummer 9 der kurzlebigen, von Alfred Kantorowicz gegründeten Zeitschrift »Ost und West« erschienen im September 1948 »Erinnerungen«, die auf dem Typoskript basieren, aber nicht mit ihm identisch sind.

Am 23. August 1949 starb Wiegler nach längerer Krankheit in der Berliner Charité. Aus archiviertem internem Schriftverkehr der 1950 wiedergegründeten (Ost-)Berliner Akademie der Künste geht hervor, dass das Interesse an seinem Nachlass sich auf die Korrespondenz konzentrierte, auf Briefe prominenter Autoren wie Maximilian Harden, Heinrich Mann, Arthur Schnitzler, Hugo von Hofmannsthal, Alfred Döblin oder Hermann Hesse (eine Auswahl erschien in Sinn und Form 5/1949). So wurde der Nachlass zwar komplett erschlossen und mit einem im Juli 1959 fertiggestellten Findbuch sorgfältig dokumentiert, doch der von Wieglers Witwe erhoffte und eigentlich auch vereinbarte Einsatz der Akademie für Editionen blieb weitgehend aus. Möglicherweise hatten sich die Gräben im Kalten Krieg inzwischen so vertieft, dass allzu nachdrückliches Engagement für einen bürgerlichen Humanisten in der DDR keine realistische Option mehr war. Das jedenfalls lässt ein Schreiben des für die Publikationen der Sektion Dichtkunst verantwortlichen Akademie-Mitarbeiters – und Geheimen Informators der Staatssicherheit – vermuten, der einen leitenden Mitarbeiter des Literaturarchivs, den späteren Akademiedirektor Ulrich Dietzel, am 10. März 1959 daran erinnerte, »wie sehr diese liberale Kunstkritik den Bemühungen um eine wissenschaftlich fundierte marxistische Literatur und Kunsttheorie schaden« könne. Für ein auf subtile Weise zwar sozialkritisches, aber von k.-u.-k.-Nostalgie nicht freies Werk wie »Gabriele« dürfte das erst recht gegolten haben.

Auf stille Ablehnung stieß nun auch wieder jenes Werk, das schon die Gestapo vernichtet hatte. Der Literaturwissenschaftler und Archivar Carsten Wurm schreibt in der Einleitung zu seinem im Dezember 2023 fertigstellten neuen Findbuch des Paul-Wiegler-Archivs, das der durch später hinzugekommene Nachlassteile erforderlich gewordenen Überarbeitung und teilweisen Neuverzeichnung des Bestandes Rechnung trägt: »Unter den Werkmanuskripten hervorzuheben ist die unveröffentlichte Neufassung der ›Geschichte der deutschen Literatur‹. Wiegler hatte sie im Auftrag des Aufbau-Verlages verfasst, der sie nach dessen Tod aus der Planung nahm, weil sich Wieglers liberales Literaturverständnis nicht mehr mit der sich ausprägenden marxistischen Lehrmeinung vereinbaren ließ.«

Es wurde still um Wiegler und blieb auch still – bis ihn 2011 ausgerechnet der Roman eines anderen wieder in die Feuilletons brachte. Die Rede ist von Hans Falladas letztem Werk »Jeder stirbt für sich allein«, dessen überraschender und später Welterfolg auf Englisch den Aufbau Verlag dazu veranlasste, in seinem Archiv nach dem Originalmanuskript zu suchen. Man erinnerte sich, dass ja eigentlich nicht dieses gedruckt worden war, sondern eine Bearbeitung des damaligen Lektors Paul Wiegler. Mit Fallada, der das umfangreiche Buch in unglaublich kurzer Zeit geschrieben hatte, war das abgesprochen gewesen; er hatte die Fahnen wegen seines frühen Todes aber nicht mehr korrigieren können. Und nun stellte sich die – von den Rezensenten unterschiedlich beantwortete – Frage, ob die 1947 erschienene Fassung ein Lektorat im üblichen Sinn war oder auch eine politische Tendenz verfolgte, nämlich die Protagonisten aus dem Arbeitermilieu, die sich zum Widerstand gegen das NS-Regime entschließen, weniger ambivalent und, grob gesagt, heldenhafter darzustellen. In diese Lesart schien zu passen, dass in der Urfassung gerade die beiden Hauptfiguren zunächst Sympathien für den Führer zeigen und im Grunde klassische Mitläufer sind, die erst durch den Kriegstod des einzigen Sohnes ihre Meinung ändern. In der im Aufbau Verlag gedruckten Fassung war das nicht mehr so.

Die Anregung zu dem Roman hatte Fallada von Johannes R. Becher erhalten, der ihm die Gestapo-Akten des Prozesses gegen das 1943 hingerichtete Ehepaar Hampel (Quangel im Roman) zur Verfügung stellte. Becher war dann auch mit Wiegler Initiator der zweimonatlich erscheinenden Literaturzeitschrift »Sinn und Form«, zu deren Gründungschefredakteur Peter Huchel berufen wurde und deren erstes Heft im Januar 1949 erschien. Ob Wiegler, der acht Monate später starb, an ihrer Konzeption maßgeblichen Anteil hatte, ist fraglich. Manche meinen, es sei vor allem darum gegangen, dem ostzonalen Projekt das Prestige von Wieglers »angesehenem bürgerlichen Literatennamen« (Hans Mayer) zu sichern, denn die Zeitschrift hatte einen gesamtdeutschen Anspruch und sollte auf sozialistischer Grundlage auch in den Westen hinein wirken.

In ähnlicher Weise firmierte Wiegler allerdings auch als Herausgeber einer eben dort, in der französischen Besatzungszone, erscheinenden Literaturzeitschrift. Die Vorgeschichte kann man in den Briefen des bereits erwähnten Verlegers Johannes Weyl nachlesen (Paul-Wiegler-Archiv 572 und 645). Am 17. Januar 1946 trägt dieser ihm – zusammen mit dem Schriftsteller Gerhard F. Hering – die Leitung einer neuen »grossen Zweimonats-Zeitschrift« an. Sie soll zunächst »Pandora« heißen und Weyl bittet um völlige Verschwiegenheit über das Projekt. Später teilt er mit, dass jetzt eine »ganz belanglose Zeitschrift gleichen Titels herausgekommen« sei und man ihn deshalb ändern müsse (16. September). Er schlägt stattdessen »Deutsche Beiträge« vor, doch aus einem Brief vom 1. Oktober geht hervor, dass auch dieser Titel, gegen den Wiegler offenbar Einwände erhob, mittlerweile vergeben war. Am 16. Oktober schreibt er, die Zeitschrift solle »Genius« heißen. Das erste Heft erschien schließlich im August 1947 unter dem endgültigen Titel »Vision«, »den Sie so grosszügiger und liebenswürdiger Weise zur Verfügung stellten« (Weyl am 9. September jenes Jahres). Ein Anspruch auf Erstveröffentlichung der ausgewählten Beiträge wurde von der Redaktion – anders als bei »Sinn und Form« – nicht erhoben, das zeigen schon die von Nachdrucken klassischer Texte durchsetzten Inhaltsverzeichnisse.

Auch bei »Vision« dürfte der tatsächliche Umfang von Wieglers Mitarbeit eher gering gewesen sein. In seinem als Privatdruck erschienenen Buch »Paul Wiegler – sein Leben, sein Werk und seine Zeit« urteilt Karl Gruber, ein Nachkomme der Familie von dessen erster Frau: »Es ist allerdings sehr wahrscheinlich, dass Paul zunächst nur seinen in Fachkreisen geschätzten Namen hergibt. Vom fernen Berlin aus kann er unter den gegebenen Rahmenbedingungen gar nicht redaktionell wirksam werden.« Für diese Einschätzung spricht auch, dass Wiegler sich offenbar ohne Rücksprache an dem Ostberliner Konkurrenzmedium beteiligte. So kam es, dass Weyl am 11. März 1949 klagte: »Lieber Herr Wiegler, Ihr Brief vom 5.2. hat mich sehr geschmerzt. Aber er brachte mir wenigstens einige Aufklärung über die Angelegenheit der anderen Zeitschrift; von der ich längst erfahren hatte und auf die ich nicht eingehen mochte, um nicht den Eindruck zu erwecken, dass ich irgend einen Zweifel an der Richtigkeit einer von Ihnen getroffenen Entscheidung hegen könnte. So schwieg ich und wartete ab und nehme nun eben Ihre Mitteilungen zur Kenntnis, mich fragend, wie sich das auf VISION auswirken soll.

Denn nach dem Programm von ›Sinn und Form‹ sind die verwandten Züge sehr gross, und die Reaktion, die ich von dieser und jener Seite bemerkte, beruhte darauf.«

Das letzte Heft von »Vision« erschien denn auch 1949, kurz nachdem »Sinn und Form« auf den Plan getreten war. In der Titelei des ersten Jahrgangs der Berliner Zeitschrift wurden Johannes R. Becher und Paul Wiegler als Herausgeber genannt, ab dem zweiten Jahrgang fungierte die neugegründete (Ost-)Berliner Akademie der Künste als Herausgeberin – was sie nach der Wiedervereinigung der beiden Akademien bis heute ist – und seitdem werden Becher und Wiegler auf der Impressumsseite als Gründer angeführt.

Als Autor debütierte Wiegler in der von ihm mitgeschaffenen Zeitschrift erst fast siebzig Jahre nach seinem Tod mit einem Auszug aus dem ersten Kapitel von »Gabriele« (Heft 2/2018). Und in gewisser Weise gilt auch für diesen Roman, was Hans J. Schütz in seinem Buch »›Ein deutscher Dichter bin ich einst gewesen‹. Vergessene und verkannte Autoren des 20. Jahrhunderts« über »Das Haus an der Moldau« schrieb: »Karg, straff und beherrscht ist diese Prosa, sie spart aus, um das Wesentliche fühlbar werden zu lassen. Meisterhaft ist eine individuelle Tragödie mit dem Verfall des Vielvölkerstaats verknüpft.«

Gernot Krämer

Bibliographie (Auswahl)

Baum, Vicki: Es war alles ganz anders. Erinnerungen. Ullstein Verlag, Berlin und Frankfurt/Main 1962.

Binder, Hartmut: »... das Theater menschlicher Zustände und Regungen zu öffnen«. Der Erzähler, Essayist und Übersetzer Paul Wiegler. In ders. (Hg.): Brennpunkt Berlin. Prager Schriftsteller in der deutschen Metropole, Schriften der Kulturstiftung der deutschen Vertriebenen, Bonn 1995, S. 177–290.

Brod, Max: »Streitbares Leben«, Kindler Verlag, München 1960.

Flake, Otto: »Es wird Abend – Bericht aus einem langen Leben«. Siegbert Mohn Verlag, Gütersloh 1960.

Fritz, Susanne: Die Entstehung des »Prager Textes«. Prager deutschsprachige Literatur von 1895 bis 1934, Thelem Verlag, Dresden 2005, S. 189–198.

Gruber, Karl: Paul Wiegler. Sein Leben, sein Werk und seine Zeit, Privatdruck, Salzburg 2014.

Schütz, Hans J.: Paul Wiegler, in: »Ein deutscher Dichter bin ich einst gewesen«. Vergessene und verkannte Autoren des 20. Jahrhunderts, München 1988, S. 290–94.

Danksagung

Mit Dank an das Archiv der Akademie der Künste, insbesondere den Bestandsbetreuer des Paul-Wiegler-Archivs, Dr. Carsten Wurm, die Leiterin des Literaturarchivs, Dr. Gabriele Radecke, und die Stellvertretende Direktorin des Archivs, Sabine Wolf.

Abbildungen

Paul Wiegler als Kleinkind (Paul-Wiegler-Archiv 528)

Paul Wiegler als junger Mann, vermutlich um 1900
(Paul-Wiegler-Archiv 528)

Paul Wiegler als Redakteur der Prager Tageszeitung Bohemia,
auf der Rückseite handschriftlich ausgefüllter Klebezettel
»Identitätskarte« der »k. u. k. österr. Staatsbahnen« mit
Stempel vom 5. Februar 1912 (Paul-Wiegler-Archiv 528)

»Das Haus an der Moldau«, ehemaliges Wohnhaus von Paul
Wiegler und Schauplatz seines gleichnamigen Romans, Prag,
Masarykovo nábřeži (Riegerquai) Nr. 8/2017 (Foto: Gernot
Krämer)

Paul Wiegler (2. v. r.) mit drei Unbekannten vor dem Haus des Ullstein-Verlags in der Kochstraße im Berliner Zeitungsviertel, vermutlich dreißiger Jahre (Paul-Wiegler-Archiv 523)

Paul Wiegler mit seiner zweiten Frau Gertrud Geutjes auf einer Freitreppe, vermutlich in den dreißiger Jahren in Österreich (Paul-Wiegler-Archiv 530)

Paul Wiegler (2. v. l.) vermutlich in den dreißiger Jahren an Bord eines Schiffes auf dem Wörthersee; wahrscheinlich handelt es sich um den heute noch dort verkehrenden Dampfer »Thalia«. Links Fritz Zack, der Bruder seiner ersten Frau, in der Mitte rechts dessen Gattin Barbara Zack, geborene Wühl, rechts Wieglers zweite Frau Gertrud Geutjes (Paul-Wiegler-Archiv 530)

Seite 45 des Romanmanuskripts (Paul-Wiegler-Archiv 2)

*Das Wohnhaus von Paul Wiegler in der Riehlstraße 7,
Berlin-Charlottenburg, wo der Roman »Gabriele« vermutlich
entstanden ist (Foto: Gernot Krämer)*

*Paul Wiegler in den vierziger Jahren, vermutlich nach dem
Krieg (Paul-Wiegler-Archiv 528)*

www.wieser-verlag.com